SIBYLLE GUGEL

TOTES GERICHT
Alissa Ulmer ermittelt

Ein Stuttgart Krimi

Bibliografische Information der Deutschen Nationalbibliothek:
Die Deutsche Nationalbibliothek verzeichnet diese Publikation in der Deutschen
Nationalbibliografie; detaillierte bibliografische Daten sind im Internet über
http://dnb.dnb.de abrufbar.

© 2016 Sibylle Gugel

Satz/Illustration
Nicole Koppe, Berlin

Herstellung und Verlag
BoD – Books on Demand, Norderstedt

ISBN 978-3-74310-012-1

FÜR MAMA UND PA!

Wer weiß, ob alles so gekommen wäre, ohne eine Kindheit wie diese:

Ganz viel Liebe zu erfahren.
Auf abenteuerliche Reisen in seltsamen Autos mitgeschleppt zu werden.
Von unzähligen Musikinstrumenten und Büchern umgeben zu sein und mir diese selbständig erobern zu können.
Tagtäglich Zeichnungen und Bilder zu sehen, die mit viel Talent im Stillen angefertigt worden sind.
Alles ausprobieren zu dürfen, ohne es zu müssen.
Im Heu zu spielen und zu schlafen.
Kaulquappen und Blindschleichen zu fangen. (Letztere habe ich leider immer umgebracht, weil ich sie in große Gläser gestopft und in die Sonne gestellt habe ... Entschuldigung!)
Den Versuch machen zu dürfen, Goldfische, Meerschweinchen und Katzen zu dressieren – und daran zu scheitern.
Unterm Apfelbaum zu schaukeln, zu lernen, wie selbst

angebautes Obst und Gemüse schmeckt und – dass Frieden, Freiheit sowie eine intakte Umwelt keine Selbstverständlichkeit sind, sondern dass man etwas dafür tun muss ... jeden Tag!

Das einzige, was ich Dir immer noch ein bisschen übel nehme, Mama, ist das Einflößen von Tomaten- und Karottensaft. Ich weiß, Du hast es gut gemeint. Aber mir wird tatsächlich bis heute schlecht, wenn ich diese »gesunden Getränke« auch nur von weitem sehe. Was soll's ... mein Immunsystem ist spitze, also trotzdem auch dafür vielen Dank.
Und Pa ...
die Geschichte mit der »fliegenden Hummerschere« in diesem schicken Restaurant in der Normandie, bleibt unser Geheimnis. Solange Du ganz brav bist ...

                    Sibylle

- 1 -

Die Aufzugtüren öffneten sich, begleitet von einem sanften »Pling«. Kriminalhauptkommissarin Alissa genannt Sissy Ulmer und ihr Kollege Eric Jahn, ebenfalls Kriminalhauptkommissar, verließen die voll verspiegelte Kabine und traten auf den Flur des zweiten Stocks, des Landesarbeitsgerichtes Stuttgart.
Wohin genau sie mussten, war unschwer zu erkennen.
Zwei Kollegen der Spurensicherung kamen just in diesem Moment, in ihren »Ganzkörper-Kondomen«, wie die weißen Schutzanzüge scherzhaft intern genannt wurden, aus einem der Sitzungs-Saale.
»Guten Morgen, ihr zwei.«
Sabrina Schönleber, die dunkel gelockte, schöne Komponente des »Spusi«- Teams, lächelte ihnen entgegen.
»Moin, Moin«, erwiderte Eric Jahn.
Er stammte aus Ostfriesland und ließ sich diese Art der Begrüßung, die eine Reminiszenz an seine alte Heimat war, einfach nicht ausreden. Obwohl er dadurch natürlich, im Schwabenland, immer wieder die seltsamsten Reaktionen und Blicke erntete. Den wenigsten Men-

schen im süddeutschen Raum war bekannt, dass es sich nicht um eine Dialektvariante des hochdeutschen »Guten Morgen« handelte.

Die Tageszeit konnte man nur an der Häufigkeit des Wortes erkennen. Ab dem Mittag wurde aus »Moin, Moin« ein einfaches »Moin«, das allerdings auch spätabends noch verwendet wurde, was auf viele Unwissende besonders irritierend wirkte.

Sissy, die es hasste, frühmorgens von Anrufen geweckt zu werden, auch wenn das Teil ihres Berufes war, brummte nur leise etwas vor sich hin, das klang wie eine Begrüßung.

Sie trat hinter ihrem Kollegen in den Sitzungs-Saal.

Der Raum war ungefähr achtzig Quadratmeter groß und die Deckenhöhe schätzte Sissy auf mindestens fünf Meter.

Auf der linken Seite, von der Tür aus gesehen, standen hintereinander drei Reihen mit je zehn, modern wirkenden, weißen Stühlen aus Kunststoff. Hier sitzen also die Zuschauer während der Verhandlung, dachte sie, und blickte dann nach rechts. Auf einer Art Podest thronte der aus massivem Holz gefertigte Richtertisch, dessen Front nach unten hin verblendet war und der fast die gesamte Breite des Raumes einnahm. Davor, ebenerdig gelegen, sah man links und rechts, ebenfalls nach unten hin verblendeten Tische, wo Verteidigung und Anklage während eines Prozesses saßen. Dazwischen standen ein weiterer Tisch und ein Stuhl, auf dem die jeweiligen Zeugen Platz zu nehmen hatten. Durch die erhöhte Position und die massige Form des Richtertisches wirkten die anderen Drei ein wenig wie Möbel aus einer Puppenstube.

Hinter dem Richtertisch stand der Chef der Spurensicherung, Wolfgang Faul, und hantierte mit einer großen Spiegelreflexkamera. Was genau er fotografierte, konnte Sissy aus ihrer Position nicht erkennen. Sie mochte Faul nicht. Sie hielt ihn für einen aufgeblasenen Wichtigtuer, der gerne große Reden schwang und dem jegliches Einfühlungsvermögen fehlte.

Plötzlich änderten sich die Lichtverhältnisse im Raum. Das Klicken der Kamera erstarb und ein zorniges: »He, was soll denn das?« wurde Richtung Sissy und Eric gekläfft, die immer noch an der Tür neben den Lichtschaltern standen.

Obwohl die Deckenlampen ausgegangen waren, war es relativ hell im Saal. Eric Jahn blieb, wie fast immer, gelassen. Er trat an die Schalter und begutachtete die hochmoderne Konsole an der Wand.

»Wir waren das nicht, Wolfgang. Das ist hier so eine Art Solar-Technik. Die Stellung ist auf Automatik. Und da gerade die Sonne aufgegangen ist, hat sich die künstliche Beleuchtung selbstständig ausgeschaltet. Warte kurz, ich regle das.«

Sissy war der ganzen Szene nur mit einem Ohr gefolgt, denn ihre Aufmerksamkeit war schlagartig von etwas Anderem gefangen genommen worden.

Sie hatte die riesige Glasscheibe, die sich über die gesamte Längsseite des Raumes erstreckte, schon beim Eintreten registriert. Doch der Anblick, der sich ihr jetzt bot,

verschlug ihr die Sprache.
Die halbe Innenstadt lag ihr zu Füßen und dahinter konnte man mit den Augen dem Richtung Süden hin ansteigenden Hügel folgen, auf dem majestätisch der Stuttgarter Fernsehturm thronte.
Also so sehr ich, wie jetzt im Hochsommer, diese Kessel-Lage hasse, weil man fast erstickt … es ist einfach genial, das man, egal von welcher Seite, immer diese tolle Aussicht auf die Stadt hat. Man müsste mal einen Bildband …
»Wenn die Frau Hauptkommissarin fertig ist mit träumen, könnte sie sich dann eventuell wieder auf ihre Arbeit konzentrieren?«
Wolfgang Faul blickte ärgerlich in Sissys Richtung.
»Ich weiß, der Anblick dessen, was es hier zu sehen gibt, ist nicht so nett wie das da …«, er deutete auf das Panorama-Fenster und verfiel, wie immer wenn er angesäuert war, in Dialekt »… aber mir send schließlich zom schaffa doh.«
Nein, ich rege mich nicht auf. Sissy musste sich zusammenreißen, um keinen Streit vom Zaun zu brechen.
Mit einem zwischen den Zähnen hindurch gemurmelten »Mann oh Mann, ich komm ja schon!«, riss sie sich los, stieg auf die Empore und umrundete den imposanten Richtertisch.
Das Erste, was ihr auffiel, war eine riesige Lache, die sich um den Oberkörper des Toten gebildet hatte.
Der Kopf der Leiche lag unnatürlich verdreht auf einem weinroten Teppich aus Blut.

Die offenen Augen schienen einen Punkt in einer Richtung zu fixieren, der über den Schultern lag.
Erst als sie sich noch ein Stück weiter nach unten bückte, wurde ihr klar, wodurch dieser Eindruck entstand.
Der Kopf war fast vollständig vom Körper abgetrennt worden.
Gott sei dank hab ich noch nicht gefrühstückt, dachte Sissy.
Wolfgang Faul hielt plötzlich einen langen, altertümlich anmutenden Säbel in der Hand.
»Ohne voreilige Schlüsse ziehen zu wollen ... ich denke, wir können davon ausgehen, dass das hier die Tatwaffe ist.«
Der triumphierende Zug, den er dabei um den Mund hatte, widerte Sissy fast mehr an, als der Anblick zu ihren Füßen.
Es ist ja schön, wenn man Freude an der Arbeit hat, ging es ihr durch den Kopf, aber man kann es auch übertreiben.
»Any fingerprints?«
Eric hatte die Frage gestellt, und Sissy musste sich beherrschen, um nicht laut los zu lachen. Er mochte Faul genauso wenig wie sie selbst, und hatte seine eigene Methode entwickelt, den Chef der Spurensicherung zu ärgern. Wolfgang Faul hasste Anglizismen, was vor allem daran lag, dass er des Englischen nicht mächtig war. Deshalb hatte Eric es sich zur Gewohnheit gemacht, immer wenn der »alte Spürhund«, wie Faul sich selbstgefällig, gern und oft nannte, einen seiner unangebrachten Hö-

henflüge zu bekommen drohte, ihn mit ein paar englischen Worten oder Sätzen aus dem Konzept zu bringen. Auch jetzt war ihm dieses Kunststück wieder einmal mühelos geglückt.

»Was isch los? Schwätz Deitsch mid mir, Kerle ...«

Jetzt lief Eric zu Hochform auf.

»Ah sorry, Wolfgang!« Und sehr langsam, mit etwas lauterer Stimme und überdeutlich, als würde er mit einem Neunzigjährigen kommunizieren, fragte er: »Habt ihr Fingerabdrücke?«

Faul kochte.

»Ha noh, i bin au grad erscht komma. Als nägschdes frohgsch mi noh glei, wer's gwäse isch, oder wie?!«

Eric Jahn verkniff sich ein Schmunzeln und setzte eine unschuldige Mine auf.

Sissy dachte noch: Tu es nicht! Aber da war es schon zu spät.

»Ja weißt du es denn?«

»Herrgottsakrament noch amohl! Verziehet euch, und lasset mi mei Arbeit mache. Des gibt's doch gar ned ...«

Und mit hochrotem Kopf samt fuchtelnder Armbewegungen scheuchte er Sissy und Eric aus dem Saal.

Als sie draußen auf dem Flur standen, signalisierte ein erneutes »Pling«, dass der Aufzug sich gleich öffnen würde.

Die Kabine spuckte einen leicht hektisch wirkenden Kai Diesner aus, seines Zeichens Polizeianwärter und der jüngste im Team der Stuttgarter Mordkommission.

»Hallo, guten Morgen. Da seid ihr ja.«

»Hi, Diesi«, begrüßte Sissy ihn.
Erics »Moin, Moin« folgte.
Er schüttelte dem jungen Kollegen die Hand.
»Was heißt denn da seid ihr ja? Du bist doch auch eben erst gekommen, oder nicht?«
»Nein. Ich war, nach der alarmierten Streife, der Erste heute früh. Ich bin bereits um kurz nach fünf hier gewesen.«
Sissy warf einen Blick auf ihre Uhr. Vor einer dreiviertel Stunde, dachte sie, da sprach Kai Diesner auch schon weiter.
»Ich war am Hintereingang. Die Dame von der Reinigungsfirma, die ihn gefunden hat, hat einen schweren Schock erlitten. Ich habe versucht, mit ihr zu sprechen, bevor der Rettungswagen sie abtransportiert. Ich hatte die Hoffnung, irgendetwas aus ihr herauszubekommen, solange sie noch nicht völlig sediert ist.«
»Und?«, fragte Sissy.
»Keine Chance.«
Er schielte auf seinen Notizblock, den er mittlerweile in der Hand hielt. »Frau Dragic ist bis auf Weiteres nicht vernehmungsfähig. Aber ihre Kollegen, von denen auch einer die Zentrale alarmiert hat, hab ich in einen Aufenthaltsraum gebracht. Kommt mit.«
Während sie zu dritt den Fahrstuhl bestiegen, fragte Eric: »Kannst du uns schon sagen, wer der Tote ist?«
Beinahe lautlos schlossen sich die Türen.
»Nein, leider nicht. Er trägt eine Robe, das habt ihr ja gesehen ... ?!«

Sissy und Eric nickten.

»Das lässt natürlich vermuten, dass es sich um einen Juristen handelt. Aber ob der Herr jetzt Richter oder Anwalt war ...«

»Er hatte keine Papiere bei sich?«, wollte Sissy wissen.

»Leider nein.«

Ein bereits sehr vertrautes »Pling« später trat Kai Diesner aus dem Aufzug. Sie befanden sich jetzt im Erdgeschoss des LAG. Er drehte sich zu Sissy und Eric um und sprach weiter, während er nach links ging.

»Wir haben außerdem noch ein Problem. Hier sind Freitags keine Verhandlungen. Ich konnte nur den Hausmeister erreichen und herbestellen, aber dem ist der Tote nicht bekannt.«

Sissy unterbrach ihn fassungslos.

»Willst du damit sagen, dass hier Freitags überhaupt nicht gearbeitet wird? Ich glaub das jetzt nicht.«

Während Kai Diesner entschuldigend nickte, knuffte Eric sie in die Seite.

»Was denn? Bist du neidisch, kleine Schicht-Dienst-Mieze? Ich sag nur: Augen auf bei der Berufswahl ...«

Sissy grummelte noch ein »So wird in dieser Stadt also mit meinem Steuergeld umgegangen« vor sich hin, als Kai Diesner wieder das Wort ergriff. Die zuständige Reinigungsfirma heißt Eberle. Das Team, dass hier sauber macht, besteht in der Regel aus sieben Personen. Allerdings sind das nicht immer dieselben Leute. Sie kommen drei mal wöchentlich, Montags, Dienstags und am Donnerstag. Die Schicht beginnt abends um zweiundzwanzig

Uhr und endet gegen fünf am nächsten Morgen. Die Damen und Herren arbeiten sich Stockwerk für Stockwerk nach oben und bleiben zusammen auf einer Etage, bis sie komplett fertig ist. Das liegt daran, dass sie nur einen Putzwagen haben, auf dem sich das gesamte Equipment befindet.«

Er blieb vor einer Tür stehen und fing an, in seiner Jackentasche zu kramen. Er zog zwei etwas zerknautschte, zusammengefaltete Din A4-Blätter heraus und streckte sowohl Sissy als auch Eric Jahn je eines davon entgegen.

»Ich hab euch hier die Namen der Herrschaften aufgeschrieben, zusammen mit den Personalien, Nationalitäten und wie lange sie jeweils schon bei Eberle tätig sind.«

Eric klopfte ihm anerkennend auf die Schulter.

»Menschenskind, du warst ja schon ganz schön fleißig. Der gemeine Büroangestellte schält sich jetzt im Moment erst aus seiner Schlummer-Kiste, während du quasi schon halb den Fall gelöst hast ...«

Sissy musste sich ein Schmunzeln verkneifen, da Kai Diesner strahlte, wie ein Honigkuchenpferd, was ihm das Aussehen eines Dreizehnjährigen verlieh.

Sie faltete das Blatt auseinander und überflog es kurz. Eric tat es ihr nach.

»Kein einziger Deutscher?«

Er hatte eine Augenbraue hochgezogen und blickte von Sissy zu Kai Diesner.

»Eric, manchmal frage ich mich echt, auf welchem Planeten du lebst ...«

Sissy schüttelte mitleidig den Kopf und versuchte die Tür

zu öffnen. Sie war verschlossen.
Erstaunt drehte sie sich um.
»Sag mal, hast du die Ärmsten etwa eingesperrt? Mensch Kai, das ist Freiheitsberaubung.«
Kai Diesners Strahlen war einer schlagartigen Blässe gewichen und seine Augen nahmen eine unnatürliche Größe an.
»Nein, nein, nein, um Himmels Willen! Natürlich nicht!« Er schüttelte so massiv den Kopf, dass Sissy Angst um seine Nackenwirbel bekam und ihre spontane Äußerung sofort bedauerte.
Eric schob sich an ihr vorbei.
»Lass mich mal.«
Er klopfte lautstark und mehrfach gegen die Tür.
»Öffnen Sie bitte. Wir sind von der Kriminalpolizei.«
Einige Sekunden blieb es vollkommen still. Dann hörten die drei ein leises Geräusch am Türschloss.

»Wissed Se, mir bißle Angschd ghabt ... wäge ...« Der magere, kleine Mann mit dem rabenschwarzen, dichten Haar und den buschigen Augenbrauen unterbrach sich selbst, legte den Kopf nach hinten und fuhr sich von links nach rechts mit der flachen Hand über die Kehle. Er war es auch gewesen, der ihnen die Tür geöffnet hatte.
»Der des gmacht, vielleicht noh doh«, fuhr er mit einem ängstlichen Blick zur Tür im feinsten Türkisch-Schwäbisch fort.
Sissy und Eric, die gegenüber der Reinigungstruppe auf einem lindgrünen Sofa Platz genommen hatten, schüttel-

ten gleichzeitig den Kopf.

»Machen Sie sich keine Sorgen. Das Gebäude ist, sofort nachdem unsere Kollegen von der Schutzpolizei hier angekommen sind, gründlich durchsucht worden.«

Sissy hatte ihren wärmsten Tonfall angeschlagen, woraufhin die weit aufgerissenen Augen des schmächtigen Türken, der laut Kai Diesners Liste Serdat Orhan hieß, wieder Normalgröße erreichten.

Während Eric nun mit der Befragung begann, ließ Sissy ihren Blick über die Kollegen des ängstlichen Türverschließers wandern.

Außer Serdat Orhan und der ins Krankenhaus transportierten Madalena Dragic, standen noch drei Frauen und zwei Männer auf der Liste.

Zwei rumänische Staatsangehörige, eine Frau und ein Mann mit dem selben Nachnamen.

Also entweder verheiratet oder Geschwister, dachte Sissy.

Dann ein weiterer Serbe und zwei Frauen, die, wie Serdat Orhan, türkischer Herkunft waren.

Sie versuchte in Gedanken, die Namen den jeweiligen Personen zuzuordnen. Nachdem Eric alle einzeln aufgerufen hatte, merkte sie, dass sie richtig gelegen hatte.

Nun gut, jetzt werd mal nicht gleich eingebildet ... so schwer war das nun auch wieder nicht, Miss Marple, versuchte sie ihren kleinen, innerlichen Höhenflug zu bremsen.

Erics Stimme riss sie aus ihrer lautlosen Selbstschelte.

»Frau Dragic war also ganz allein in diesem riesigen Saal zugange? Ist das nicht ungewöhnlich?«

Er hatte die Frage an niemand Konkreten gerichtet, sondern währenddessen in die Runde geblickt.
Es war der Rumäne, der antwortete.
»Wir waren hinter dem Zeitplan. Ich hatte Madalena schon mal vorgeschickt. Wir wären dann dazu gekommen ...«
Sein Deutsch war perfekt. Man konnte es allein an einem kaum hörbaren Akzent erkennen, dass er aus Osteuropa stammte.
Ein »Wow ... Sie sprechen aber sehr gut ...«, entschlüpfte Kai Diesner, der diesen enthusiastischen Kommentar jedoch sowohl vorzeitig abbrach, als auch bereute, weil er mit einem eisigen Blick bedacht wurde.
Die Kälte in der Stimme des Rumänen stand der, die in seinen Augen lag in nichts nach, als er, während er seinen Oberkörper straffte, entgegnete: »Das sollte man wohl voraussetzen, bei einem Mann, der an der Universität Bukarest Professor für deutsche Geschichte und Literatur war.«

- 2 -

»Oh Backe! Da hab ich mich ja ganz schön in die Nesseln gesetzt.«
Kai Diesner, der hinten im Wagen saß, hatte die Worte nur vor sich hingemurmelt, aber Sissy hatte sie gehört.
Sie drehte sich vom Beifahrersitz nach hinten um und setzte ihr mütterlichstes Gesicht auf.
»Ach Diesi, nimm es nicht so schwer. Du wolltest nur nett sein. Und außerdem bist Du nicht verantwortlich für die Ungerechtigkeit, die auf dieser Welt herrscht. Ganz im Gegenteil.«
Er nickte ihr abwesend zu und schaute dann aus dem Fenster.
Der Kleine ist genauso sensibel wie ich. Deshalb mag ich ihn auch so, dachte Sissy, und drehte sich wieder um.
Sie waren auf dem Weg ins Präsidium.
Mittlerweile war es sieben Uhr. Man merkte deutlich, dass alle Angestellten, denen es möglich war Gleitzeit zu Arbeiten, versuchten, so früh wie möglich in ihre Firmen oder Büros zu gelangen. So konnten sie den Hitze-Peak am späten Nachmittag im Schwimmbad oder an einem

anderen kühlen Plätzchen verbringen. Laut Wetterbericht würde, wie schon seit einer Woche, an diesem Tag mal wieder die vierzig Grad Marke geknackt werden. Bereits jetzt zeigte die Temperatur-Anzeige des Dienstwagens sechsundzwanzig Grad an.

Durch die Kessel-Lage und die, wie Sissy fand, viel zu wenigen Grünanlagen, kühlte die Stuttgarter Innenstadt, bei länger andauernder Hitze, auch nachts nicht mehr richtig ab. Die Ozon-Werte schossen in die Höhe, und die Krankenhäuser waren voll mit Herz-Kreislauf-Patienten.

Sissy, die mit der Hitze außergewöhnlich schlecht zurecht kam, hasste den Hochsommer. Immer wenn bei solchen Temperaturen jemand von »schönem Wetter« sprach, wurde sie regelmäßig aggressiv.

Sie war nicht die Einzige.

Eric Jahn, der am Steuer saß, fluchte.

»Dieser Sch... Verkehr hier in Stuttgart!«

Gleichzeitig ertönte um sie herum ein wildes Hupkonzert.

Sie standen jetzt schon seit zehn Minuten vor dem Stuttgarter Hauptbahnhof und kamen nicht vorwärts, da immer wieder, und von allen Seiten, Autos in die Kreuzung fuhren, obwohl diese nicht frei war.

Denen gehört eigentlich sofort der Führerschein entzogen, dachte Sissy.

»Diesen ignoranten, unfähigen Subjekten sollte man sofort den Führerschein abknöpfen!«, schnaubte es von der Fahrerseite.

Sissy grinste.

»Soll ich das Bläuli aufschnallen.«, fragte sie.

»Ach das bringt doch nichts«, antwortete Eric, etwas gemäßigter im Tonfall, aber immer noch wütend. »Wohin sollen die denn ausweichen?«

Mit Unterstützung seiner Arme und Hände schwadronierte er weiter.

»Schau dir das bitte mal an ... die stehen Stoßstange an Stoßstange.«

Huiuiui, so kenne ich ihn gar nicht. Sissy sah ihren Kollegen halb amüsiert, halb erstaunt von der Seite an. Normalerweise war er die Ruhe und Gelassenheit in Person. Ihr selbst ging es, dank der Klimaanlage im Wagen, momentan prächtig.

»Aber wir könnten sie dadurch ein bisschen erschrecken ...«

Als Eric sich ihr überrascht zuwandte, fügte sie mit quengeliger Kinder-Stimme, begleitet von einem theatralischen Kulleraugen-Blick hinzu:

»Bitte, bitte, Onkel Eric. Gönn mir doch den Spaß!«

Er grinste.

»Na gut, du Spielkind. Mach!«

Sissy drückte den Schalter für den Fensterheber und platzierte geschickt das Blaulicht auf dem Dach.

Dann hob sie den linken Arm, streckte demonstrativ den Zeigefinger in die Luft und ließ ihn ein paar mal Kreisen.

Als Eric anfing zu lachen und sie ein Kichern vom Rücksitz hören konnte, drückte sie schwungvoll den Knopf für

das Martinshorn.
Als die Drei, viele ungehörte Wutausbrüche und kaputte Autofelgen später im Präsidium eintrafen, waren sie, trotz des langen Arbeitstages, der sie erwartete, bestens gelaunt.

Bis auf Herbert Hämmerle, den Rechtsmediziner, der obduzierte, waren alle Kollegen des Stuttgarter Morddezernats im »Chatroom«, wie das Besprechungszimmer irgendwann von Eric Jahn getauft worden war, versammelt.
Am Kopfende thronte, wie immer, Polizeipräsident Dr. Wilhelm Staudt.
Links am ausladenden Konferenztisch saßen die Kommissare Edeltraut Schwämmle und Erwin Schober, die ein Team und privat ein Paar waren.
Daneben Sissy, Eric und Kai Diesner. Auf der rechten Seite hatte die Spurensicherung Platz genommen. Die Kommissare Harald Stark und Sabrina Schönleber, sowie deren Vorgesetzter Wolfgang Faul.
»Guten Morgen, Herrschaften. Lassen Sie uns unmittelbar in medias res gehen ...«
Zack! Weg ist die gute Laune, dachte Sissy. Die Kombination neue Leiche, große Hitze und überforsch vorgehender Chef, waren ganz und gar nicht nach ihrem Geschmack.
»... oberste Priorität hat im Moment, die Identität des Toten festzustellen. Ich habe hier die ersten Erkenntnisse von Dr. Hämmerle, der die Leiche heute morgen vor Ort

kurz in Augenschein genommen hat, und momentan die Obduktion durchführt.«

Er reichte dem neben ihm sitzenden Erwin Schober einen dünnen Stapel Din A4-Blätter.

»Wenn Sie so freundlich wären ...«

Der Stapel wanderte von einem zum nächsten, wobei sich jeder eines der Blätter griff.

Noch bevor alle versorgt waren, sprach Dr. Staudt auch schon weiter.

Beim Opfer, das heute Morgen, um vier Uhr fünfundvierzig, in Sitzungssaal 223 leblos von einer Reinigungskraft aufgefunden wurde, handelt es sich um einen männlichen Weißen. Alter: zwischen fünfzig und fünfundfünfzig Jahre. Einen Meter achtundsiebzig groß, Statur: leicht übergewichtig, hohe Stirnglatze und schütteres, dunkelblondes, kurz geschnittenes Resthaar am Hinterkopf.«

Heißt das wirklich »Resthaar«?, dachte Sissy. Oder ist das wieder so eine fiese Wortschöpfung von unserem glatzköpfigen Herbi.

Diesen Spitznamen für den Pathologen hatte sie, im Stillen, für sich übernommen, seit er in einem früheren Fall von einem seiner alten Kommilitonen, einem Notarzt, so genannt worden war.

»Die Zähne des Opfers waren in einem relativ guten Zustand«, fuhr Dr. Staudt fort. »Weitere Informationen, zum Beispiel über die genaue Todesursache, erhalten wir nach der Obduktion.«

»Soll das ein Witz sein?«, knurrte Wolfgang Faul, dem

man seine schlechte Laune darüber, dass er mal wieder nicht als erster seine Informationen zum Besten hatte geben dürfen, deutlich anmerkte.

»Wenn der Kopf nur noch mit einem kleinen Hautfetzele am Hals hängt, und neben der Leiche ein zwei-Meter-Säbel liegt, muss man ja wohl nicht lang herum-orakeln, was da die Todesursache gewesen ist ...«

Ups, dachte Sissy, jetzt kriegt der »alte Spürhund« gleich einen richtig fetten Anschiss.

Sie blickte in Richtung ihres Chefs.

Dr. Staudts Augenlider waren bereits halb geschlossen. Trotz seines, für einen Schwaben außergewöhnlich geschmackvollen Kleidungsstiles, und der Aura und des Auftretens eines Englischen Lords, sah er im Moment aus wie ein Krokodil, das kurz davor war, mit einem einzigen, kraftvollen Biss, seine Beute zu verschlingen.

Er holte gerade Luft, da hörte Sissy die warme, tiefe Stimme ihrer Kollegin Sabrina Schönleber.

»Mein lieber Wolfgang ...«

Sissy sowie auch alle anderen im Raum, starrten sie fassungslos an.

Es war kein Geheimnis, dass Sabrina ihren Vorgesetzten nicht leiden konnte. Als sie weiter sprach, erinnerte ihr Gesichtsausdruck an den einer Mutter, die versuchte, ihrem Fünfjährigen zu erklären, dass er gerade etwas sehr Dummes gesagt hatte.

»... prinzipiell ist das natürlich naheliegend. Und ich kann durchaus verstehen, dass du so denkst ...« Sie unterstrich ihre Worte durch verständnisvolles Nicken.

Sissy amüsierte sich köstlich, angesichts dieser Darbietung, versuchte jedoch, sich nichts anmerken zu lassen.
»... aber schau mal ... Das Opfer könnte erstickt, oder vergiftet worden sein. Den Kopf könnte man auch nachträglich abgeschnitten haben, nicht wahr?
Findest du nicht auch, wir sollten es unserem Experten überlassen, auf der Basis, fundierter, wissenschaftlicher Kenntnisse, herauszufinden, wie das Opfer wirklich zu Tode kam?«
Nicht lachen ... jetzt bloß nicht lachen! Sissy ballte unter dem Tisch, so fest sie konnte, ihre Hände zu Fäusten zusammen.
Glücklicherweise kam Dr. Staudt einer Erwiderung Wolgang Fauls zuvor, denn der Chef der »Spusi« hatte mittlerweile einen lilafarbenen Teint.
»Sehr richtig, Frau Schönleber. So ist es. Und da wir damit bereits bei Ihnen wären, Kollege Faul – was haben Sie denn Schönes für uns?«
Der ihm so abrupt zugespielte Ball, brachte Wolfgang Faul kurz aus dem Konzept und zurück auf den Teppich, wo er allerdings, wie üblich, nicht lange zu verweilen gedachte.
Er straffte die Brust, rieb sich bedeutungsschwanger die Hände und atmete einmal tief und gut hörbar ein.
»Also ...« Er machte eine seiner üblichen Pausen, um die Spannung zu steigern und blickte in die Runde.
Sissy dachte spontan an einen Luftballon und, fast gleichzeitig, an eine lange, spitze Nadel.
»Die Kleidung unseres kopflosen Juristen ...«

Ein hämisches Grinsen lag nun auf dem Gesicht des Spurensicherers. Es verschwand jedoch schlagartig, als er die, in Falten gelegte, Stirn seines Vorgesetzten sah. Hastig sprach er weiter.

»... also, ähäm, die Kleidung des Toten ist von hoher Qualität. Besonders auffällig sind die Schuhe. Ganz klar eine teure Maßanfertigung.«

»Na das ist doch schon mal etwas, wo wir ansetzen können. Herr Diesner, klären Sie das bitte ab. So viele Schuhmacher die in der Lage sind, etwas derart Hochwertiges herzustellen, gibt es in Stuttgart nicht. Er kann die edle Sohle zwar überall herhaben, aber irgendwo müssen wir schließlich anfangen.«

Der Angesprochene nickte.

»Fahren sie fort, Kollege Faul.«

»Danke, Herr Dr. Staudt.«

Schleimer, dachte Sissy. Hoffentlich ist der bald fertig. Sonst geh ich mal kurz auf's stille Örtchen...

»Das Opfer trug keinen Ehering, aber ...«

Die zweite, bedeutungsschwangere Faul-Pause folgte, wurde jedoch durch ein leises, bedrohliches Dr. Staudt-Räuspern abgekürzt.

»... das muss, zuvor, ziemlich lange so gewesen sein. Die Einkerbung am Ringfinger der linken Hand war deutlich zu erkennen.«

»Wieso an der linken Hand? Ich dachte, den Ehering trägt man rechts!?«, fragte Eric dazwischen.

»Tja, man merkt, dass du nicht verheiratet bist, mein Lieber.«

Der dozierende Unterton Wolfgang Fauls gewann noch etwas mehr an Intensität.

»Viele Männer tragen ihr »Fangeisen« links, wenn sie in einer Position sind, die dazu führt, dass sie, sowohl beruflich, als auch privat, sehr oft Hände schütteln müssen.« Na dass du eine Frau abbekommen hast, ist für mich so etwas wie das achte Weltwunder, dachte Sissy, und sah Wolfgang Faul dabei intensiv an, in der stillen Hoffnung, er könnte für zehn Sekunden Gedanken lesen.

Eric ignorierte die Spitze einfach und so konnte der, jetzt erst richtig in Fahrt gekommene, »alte Spürhund«, seinen Vortrag weiter fortsetzen.

Allerdings war der Rest seiner Ausführungen zwar wie immer wortreich, aber inhaltlich eher dünn. Die Spurenlage ließ darauf schließen, dass der oder die Täter sich, mit Erfolg, die allergrößte Mühe gegeben hatten, keine ebensolchen zu hinterlassen.

Da kommt noch was, ging es Sissy durch den Kopf. Prompt klappte Faul seinen stylisch wirkenden Metallkoffer auf und entnahm ihm ein überdimensional vergrößertes Foto, das er mit einer theatralischen Handbewegung mitten auf den Konferenztisch legte.

»Das, Kollegen, ist die Tatwaffe.«

Ein mahnender Blick von Dr. Staudt führte zu einer leichten Korrektur, die ihm ganz offensichtlich missfiel.

»Die *mutmaßliche* Tatwaffe. Ein orientalischer Säbel, einen Meter zehn lang. Die Klinge hat fünfundachtzig Zentimeter und ist so scharf, dass der uns allen bekannte

Kochlöffelschwinger, damit mühelos ein hauchdünnes Carpaccio ...«

Die Stimme, die ihm ins Wort fiel war ruhig, aber bestimmt und hatte eine Klangfärbung, die nichts Gutes verheißen ließ.

»Kollege Faul ...«, Dr. Staudt war deutlich anzusehen, dass seine Geduld sich dem Ende neigte. »... wenn es ihnen ausnahmsweise gelingen könnte, sachlich zu bleiben, wären wir alle hier im Raum ihnen zu immer währendem Dank verpflichtet. Darüber hinaus möchte ich Sie bitten, den überaus geschätzten, uns immer wieder auf's Neue und Köstlichste bewirtenden Sternekoch Vincent Klenk, nicht als Kochlöffelschwinger zu bezeichnen. Sonst würde ich mich gezwungen sehen, Sie zukünftig, anlässlich einer Feier nach einem erfolgreich abgeschlossenen Fall, nicht mehr mit in die Stuttgarter Höhe zu nehmen. Haben wir uns verstanden?«

Jetzt sieht er aus wie das Mädchen auf dem Etikett einer Flasche »Rotbäckchen«, dachte Sissy. Zufrieden legte sie den Kopf auf die gefalteten Hände und betrachtete Wolfgang Fauls schwindende Ballongröße.

Und das ganz ohne Nadel. Der Chef hat es halt einfach drauf ...

»Ähäm, ja, natürlich, so war das nicht ...«

»Na dann ist es ja gut. Was haben Sie sonst noch für uns?«, unterbrach Dr. Staudt den missglückten Entschuldigungsversuch.

Wohl aus der Verlegenheit heraus, knallte der Spurensicherer hektisch, und viel zu laut, ein weiteres Din A4-

grosses Foto auf den Tisch.
Nun herrschte vollkommene Stille im Chatroom.
Es handelte sich um eine Nahaufnahme des Oberkörpers der Leiche.
Wolfgang Faul hatte offensichtlich sehr dicht neben dem Toten gekniet, und direkt in die klaffende Wunde fotografiert.
»Und das vor dem Frühstück!«
Edeltraut Schwämmle hatte die fünfzig zwar schon überschritten und bereits einige Bilder von Mordopfern gesehen, aber man merkte deutlich, dass sie dieser Anblick alles andere als kalt ließ.
Nach einer kurzen, intensiv-stillen Pause wurden die Aufgaben verteilt.
Die Besprechung endete außergewöhnlich ruhig, was sowohl dem Anblick der Großaufnahme, als auch der Tatsache geschuldet war, dass die tropische Nacht zuvor alle Mitarbeiter der Mordkommission wenig hatte schlafen lassen. Die allgemeine Müdigkeit war so deutlich spürbar, als wäre sie in Menschengestalt im Raum anwesend.
Sissy, Eric und Kai Diesner verließen den Chatroom als Letzte.
»Wolfgang wird immer unerträglicher. Irgendwann vergesse ich mich mal ...«
Sissy und Eric gingen nebeneinander her über den Flur, in Richtung ihres gemeinsamen Büros.
Eric schaute sie amüsiert von der Seite an und erwiderte: »Na, da möchte ich aber unbedingt dabei sein!«

Sissy grinste.

»Klar, mein Hase. Das werde ich dich auf keinen Fall verpassen lassen.«

Als sie die Bürotür erreicht hatten, drehte sich Sissy zu Kai Diesner um, der gerade an ihnen vorbei gehen wollte.

»Warte mal, Diesi.«

»Ja ...?«

»Ich kann dir ein bisschen unter die Arme greifen. Du schaffst es eh nicht, heute alle Schuhmacher der Stadt abzuklappern. Den Ralf Nagel nehme ich dir ab.«

Und als der junge Polizeianwärter etwas verständnislos aus der Wäsche schaute, fügte sie hinzu: »Kenn ich ... ist ein Freund von mir.«

Jetzt lächelte er, zwinkerte ihr zu und ging weiter.

»Okay. Dann bis später, Ihr zwei.«

»Ciao, Kai«, sagte Eric, und öffnete die Bürotür.

Sissy schlängelte sich, wie immer ein wenig dichter als nötig, an ihm vorbei.

Wie gut der wieder riecht, dachte sie schon zum dritten Mal an diesem Morgen, und ließ sich schwungvoll auf ihren Stuhl plumpsen.

Die Schreibtische der beiden Kommissare standen sich gegenüber.

Als auch Eric sich gesetzt hatte, schauten sie sich an und sagten gleichzeitig: »Was machen wir jetzt?«

Sie fingen beide an zu lachen.

Dann stand Sissy, immer noch lächelnd, auf und ging zum Sideboard.

»Erst mal ein köstliches Kaffeele, okele?«, reimte sie

schwäbelnd, während sie sich an der Maschine zu schaffen machte.

Eric Jahn rollte ein wenig mit seinem Stuhl zurück und warf elegant seine langen Beine auf den Schreibtisch.

»Eine ganz ausgezeichnete Idee ... merci, Cherie!«

Als Sissy, scheinbar völlig konzentriert auf den Brüh-Vorgang, Wolfgang Fauls Stimme imitierend, erwiderte: »Schwätz Deitsch mid mir, Kerle!«,

war Erics Lachen, durch die geschlossene Bürotür, bis auf den Gang zu hören.

- 3 -

Die positivste Komponente des Duftcocktails, der sich auf die Nasenschleimhäute zweier Kriminalhauptkommissare legte, als sie auf dem Weg zu einer Zeugenvernehmung waren, wurde, von beiden, unmittelbar als Kaffeegeruch identifiziert.
Aber das war der am schwächsten Wahrnehmbare. Und – es gab noch andere ...
»Ich hasse Krankenhäuser!«, fluchte Sissy.
Eric, der neben ihr her, über den quietschenden Linoleumboden des Stuttgarter Katharinenhospitals ging, schaute sie amüsiert von der Seite an.
»Ach wirklich? Den Satz höre ich heute zum ersten Mal. Für gewöhnlich brechen die Menschen in Begeisterung aus, wenn es um dieses Thema geht. Ich habe schon von organisierten Busreisen gehört, die in Krankenhäuser führen, und mit einer gemütlichen Hocketse in der jeweiligen Cafeteria ...«
Sissy machte einen kleinen Schritt nach links und knuffte ihn mit dem Ellbogen in die Seite.
»Hör sofort auf, mich zu verarschen!«

Immer noch halb grinsend fügte sie hinzu: »Ist doch wahr! Allein schon dieser ekelhafte Geruch nach Desinfektionsmittel, Urin, Kantinenessen und so weiter. Und warum heißt es eigentlich »Krankenhaus«? Weil man heutzutage oft kränker rauskommt, als man reingegangen ist? Ich finde das Wort nur aus diesem Grund zutreffend. Ansonsten müsste es nämlich »Gesundheitshaus« heißen!«
»Ach du ..., meine kleine Philosophin!«
Während er das sagte, warf er ihr von der Seite einen Blick zu, dass sie dachte: Gleich fress ich Dich!
Leider war dies weder der richtige Ort, noch der richtige Zeitpunkt.
Und überhaupt ...
»Da ist es. Zimmer 204.«

Nach Erics Lachanfall, der durch Sissys Faul-Parodie ausgelöst worden war, hatte die Dezernatssekretärin und gute Seele des Präsidiums, Elli Kächele, an die Bürotür geklopft.
Eric schnappte bei ihrem Eintreten noch nach Luft, aber Sissy wirkte, als könne sie kein Wässerchen trüben.
»Ihr hend's ja luschdig hier ...«
»Guten Morgen, liebe Elli. Naja, du weißt doch wie albern Männer manchmal sind.«
»Ha freilich. I han au so a Lachkätzle dohoim.« Sie zwinkerte Eric fröhlich zu. »Ond Lache isch gsond. Des isch medizinisch erwiese ...«
»Moin, Moin, Elli. Was hast du denn Schönes für uns?«

Eric, der wieder in der Lage war zu atmen, nickte ihr aufmunternd zu.

Die kleine Sekretärin schob ihre Lesebrille so weit nach vorne, auf die Spitze ihrer winzigen Nase, dass man befürchten musste, sie würde jede Sekunde herunter purzeln.

Sie blickte milde über den Rand und schaute von Eric zu Sissy.

»Ha Kender, a Gschäft halt. 'S Katharinehoschbidal hot agrufe. Die ...« Sie schob die Brille wieder ein Stück den zierlichen Nasenrücken hoch und blickte auf den Zettel, den sie in der rechten Hand hielt.

»... Frau Madalena Dragic wär jetzt ohschprechbar.«

Sissy klopfte sachte an die Tür und öffnete sie anschließend vorsichtig.

Man wusste schließlich nie, was sich in so einem Krankenzimmer abspielte. Hoffentlich ist da nicht ausgerechnet jetzt eine Bettpfanne in Benutzung, dachte sie.

Ihre Sorgen waren unbegründet. Die Szene, die sich ihnen jedoch bot, war äußerst skurril.

An jeder Seite des Raumes standen jeweils vier Betten. Der Abstand zwischen ihnen betrug nicht sehr viel mehr als zirka einen Meter.

Das zweite Bett auf der linken und das hintere auf der rechten Seite waren leer, scheinbar fluchtartig verlassen worden.

Von irgendwoher dudelte Volksmusik an Sissys Ohr.

Rechts waren jeweils geschätzt fünf bis zehn Personen

um je zwei, nebeneinander stehende, Betten gruppiert. Sie versuchten sich gegenseitig und zugleich die Musik und das Gelächter, dass nun lauthals von links aufbrandete, zu übertönen.

Nun sah sie, in der hinteren linken Ecke, zwei ältere Herren in Bademänteln auf dem Bett einer ebenfalls angegrauten Seniorin sitzen.

Die Quelle des Gedudels stand auf dem Nachttisch. Die Herrschaften spielten Karten auf der Bettdecke der alten Dame und schienen sich köstlich zu amüsieren.

»Hier geht's ja zu wie im Dollhaus«, brummte Eric. Sissy hatte Mühe ihn zu verstehen.

»Was hast du gesagt?«, brüllte sie schon fast zurück.

»Ach, nicht so wichtig.«

Sie ließen ihre Blicke über die Betten gleiten.

Im Ersten vorne, auf der linken Seite, lag eine blasse, korpulente Frau.

Die rötlich-lila gefärbten Haare standen ihr etwas wirr vom Kopf.

Neben ihrem Bett saß ein ausgemergelt wirkender Mann, um die sechzig, und tätschelte ihre Hand.

Die Frau drehte immer wieder den Kopf hin und her und wimmerte, in einer fremden Sprache, klagend etwas vor sich hin.

Sissy und Eric traten an das Bett.

»Frau Madalena Dragic?«

Eric musste fast schreien, um die Klangkulisse im Zimmer zu übertönen.

Ruckartig drehten sich zwei Köpfe in seine Richtung.

Die Augen der Serbin weiteten sich angsterfüllt.
»Was wellet Sie? Wer ...? I nix wisse. Nix gsähe i ... gar nix!«
Der Mann war aufgestanden und nahm eine Art Verteidigungshaltung ein.
Seine Augen waren zu schmalen Schlitzen verengt.
Oha, dachte Sissy. Gleich greift er an, der bengalische, äh, serbische Tiger.
Sie schob sich ein wenig vor ihren Kollegen und setzte ihr sanftestes Lächeln auf. Sie versuchte auch, ihrer Stimme einen solchen Klang zu verleihen, was ihr allerdings aufgrund des Lärmpegels im Raum nicht
wirklich gelang.
»Beruhigen Sie sich, Frau Dragic. Herr Dragic ...?«
Sie streckte dem Serben die Hand entgegen.
»Wir sind von der Kriminalpolizei. Mein Name ist Alissa Ulmer und das ist mein Kollege Eric Jahn.«
Zögernd griff der Angesprochene zu. Seine Haltung entspannte sich etwas, aber er blieb wachsam.
»Slobodan Dragic meine Name.«
»Ich grüße Sie. Frau Dragic ... Guten Tag.« Sissy trat näher an das Bett, und drückte vorsichtig die Hand der Patientin. »Wie geht es Ihnen? Können Sie aufstehen?«

Zehn Minuten später saßen sie zu viert an einem Tisch in der Cafeteria.
Madalena Dragic hielt sich die Hände vor's Gesicht und schüttelte den Kopf.
»So a schreckliche Sach ... des viele Blut! So a schreck-

liche Sach ...! Und Kopf nix meh an Hals ... Aiaiai ...!«
»Ja, Frau Dragic. Wir verstehen ... Das muss ein schreckliches Erlebnis für Sie gewesen sein ...«
Eric nickte verständnisvoll und ging schlauerweise nicht weiter ins Detail.
»Wir werden Sie auch nicht allzu lange quälen. Versprochen! Aber wir müssen den finden, der dieses grausame Verbrechen begangen hat. Und dabei sind wir auf Ihre Hilfe angewiesen.«
Die kurze Ansprache zeigte Wirkung. Die Serbin beruhigte sich, nahm die Hände vom Gesicht und putzte sich geräuschvoll die Nase.
Dumbo lebt, dachte Sissy, und musste sich ein Schmunzeln verkneifen.
»Aber i nix wisse ... ehrlich! I gesehe des ... dann schreie und weg. Und danach alles isch schwarz gewese.«
»Haben Sie das Gesicht des Mannes gesehen? Kennen Sie ihn vielleicht?«
Sissy bemühte sich, ihrem fragenden Gesichtsausdruck einen liebenswürdigen Anstrich zu verleihen. Es half nur so mittel-gut.
»Iiiii, i nix kenne. Nix hab zu tun mit diese Sache von Gericht. I immer ordentlich putze, lebe und alles. Gell, Slobo?!«
Während sie die letzten Worte sagte, griff sie nach dem Arm ihres Mannes und rüttelte daran.
Er tätschelte ihre Hand und nickte nur.
Eric wurde ungeduldig, was einem Außenstehenden nicht aufgefallen wäre, aber Sissy bemerkte es. Er hat ja

Recht, dachte sie. Mich nervt das Gefasel auch langsam.
»Erzählen Sie uns bitte ganz genau, was ab dem Moment passiert ist, als Sie in den Sitzungssaal gekommen sind.«
Die Serbin tat, wie ihr geheißen. Allerdings waren ihre Auskünfte nicht sonderlich ergiebig. Und als sie bei ihrer Schilderung an die Stelle des Leichenfundes kam, fing sie wieder an zu wimmern und sich hinter ihren Händen zu verstecken.
Sissy ignorierte das Lamento einfach.
»Haben Sie vielleicht sonst noch irgendetwas gesehen, das Ihnen ungewöhnlich vor kam?«
Ich will hier raus! Ich hasse Krankenhäuser, dachte sie erneut.
Madalena Dragic schüttelte nur den Kopf.
»Alles isch gewese wie sonschd. Außer ...« Plötzlich hielt sie inne. Sie schaute von Sissy zu Eric und wieder zurück.
»Isch des gewese a Richter? Der macht so Sache wegen Arbeitsstelle und so?«
»Wir wissen noch nicht, wer der Tote ist ... ich meine, war. Warum fragen Sie?«
Eric wirkte wie elektrisiert. Sissy konnte förmlich spüren, dass er die Fährte aufgenommen hatte. Und auch ihr war sofort klar: Madalena Dragic wusste etwas.
»Ach nix. I bloss wisse welle ...«
Der Gesichtsausdruck der Serbin erinnerte nun an den eines bockigen Teenagers.
Ich will hier raus, dachte Sissy wieder, aber da dürfen wir jetzt nicht locker lassen.
»Gut, Frau Dragic. Wir wollen es an dieser Stelle erst

einmal dabei belassen.«

Sissy traute ihren Ohren nicht, doch Eric hatte bereits seinen Stuhl nach hinten geschoben. Er legte seine Visitenkarte auf die Tischplatte.

»Falls Ihnen noch irgendetwas einfällt, oder Sie Fragen haben, melden Sie sich bitte bei uns. Wir werden aber vermutlich noch einmal mit Ihnen sprechen müssen. Gute Besserung und ... auf Wiedersehen!«

Mit den letzten Worten war er aufgestanden und Sissy hatte alle Mühe, sich ihre Überraschung nicht anmerken zu lassen. Sie erhob sich hastig, verabschiedete sich kurz und knapp, und folgte ihrem Kollegen auf den Flur.

»Hoppla! Sag mal ... warum hast du es denn plötzlich so eilig? Unsere Reinigungsfachkraft hat ganz offensichtlich irgendwas verschwiegen.

Wieso lässt du ihr das einfach so durchgehen?«

»Lass uns erst mal hier verschwinden«, sagte Eric, und steuerte den Ausgang an.

Als sie ins Freie traten, holten beide tief Luft.

Sissy schüttelte sich.

»Hast du auch das Gefühl, dass jedes einzelne deiner Organe von diesem gruseligen Krankenhauskeim befallen ist? Wie heißt der nochmal?«

Hinter Sissy sagte eine dröhnende Stimme plötzlich: »MRSA. Und den gibt es hier nicht!«

Sie fuhr herum und blickte in ein zorniges Gesicht über einem weißen Kittel. Die Stimme dröhnte weiter: »Sehen Sie sich vor, mit solchen Äußerungen. Sonst erhalten Sie ganz schnell eine Anzeige wegen Ruf-

schädigung!«
Der Arzt nickte knapp, drehte sich um und zog mit derart raumgreifenden, energischen Schritten von dannen, dass sein weißes Gewand nur so flatterte.
»Ups! Der hat ja gute Laune, der Herr Doktor ... Ich hoffe, der ist nicht auf dem Weg zu einer OP, sonst wird der erste Schnitt vielleicht ein wenig tiefer ausfallen als vorgesehen.«
Eric grinste sie an.
»Du bist schon so eine Nudel manchmal. Komm schnell zum Auto, bevor ich dich noch verhaften muss.«
»Auja, Klimaanlage! Ich könnte schon wieder unter die kalte Dusche.
Diese Sch... Hitze!«

- 4 -

»Eeeric ... mach schneller! Es ist zu waharm!«
Sissy verschmolz mit dem Sitz des Dienstwagens und ihr Blick, der flehentlich auf ihren Kollegen gerichtet war, wurde untermalt von einer hitzebedingten Röte, die ihr Gesicht förmlich leuchten ließ.
»Ohauehaueha«, kam es ostfriesisch zurück, während er an der Einstellung Klimaanlage herum fummelte.
»Du bist aber auch empfindlich, min Deern.«
»Stimmt überhaupt nicht! Ich bin ganz normal. Diese Hitze ist für keinen Menschen gut. Fast alle sind übermüdet, schlapp und genervt. Es gibt nur kaum jemand zu, weil man dann gleich wieder in die »Jammer-Ecke« gestellt wird. Und hast du dir mal die Vegetation in und um Stuttgart angesehen? Die Bäume lassen die Blätter hängen, die Wiesen sind ganz braun und diese stickige Luft ...«
»Ist ja schon gut. Ich kapituliere. Du hast recht. Ich bin auch kein Fan von diesen extremen Temperaturen.«
»Außerdem ...«, Sissys Tonfall wurde etwas milder, da sie die Düse, aus der nun 18 Grad kühle Luft in ihr Ge-

sicht blies, voll aufgedreht hatte »... habe ich dänische Vorfahren. Die Wikinger waren ein heißblütiges Volk. Da kam die Hitze von innen. Und genauso ist es bei mir auch! Auf diese künstliche Unterstützung vom Klimawandel kann ich deshalb getrost verzichten.«
»Innere Hitze? Na aber ... bist du nicht noch ein bisschen zu jung für die Wechseljahre ...?«
Eric wich mit dem Oberkörper, so weit er konnte, nach links an die Scheibe aus, um dem Schlag von rechts zu entkommen.
»He! Den Fahrer hauen ist verboten!«
»Hast du verdient, du frecher Kerl!«
Sie waren auf dem Weg zurück ins Präsidium. Es war kurz vor eins und die Außentemperatur betrug laut Anzeige 36 Grad.
Als Sissys Blick darauf fiel, stöhnte sie.
»Eric, was meinst du? Können wir die Ermittlungen vom fahrenden Auto aus erledigen? Ich möchte für den Rest des Sommers eigentlich nicht mehr hier aussteigen.«
»Nein, ich denke das wird wohl leider nicht gehen«, antwortete er mit einem gespielt bedauernden Gesichtsausdruck.
»Außerdem möchtest du doch sicher nicht auf diesen unbequemen Sitzen übernachten, oder?«
Na mit dir zusammen schon, ging es Sissy durch den Kopf. Sie rief sich allerdings gleich wieder zur Ordnung.
»Es geht schließlich nichts über's Schlafen im eigenen Bett ...« Ein erneutes, noch lauteres Stöhnen von der Beifahrerseite her, unterbrach ihn in seinem Trost-Versuch.

»Huuuaaa ... erinner mich bloß nicht daran! Ich hab schnuckelige zweiunddreißig Grad im Schlafzimmer! Sch... Kessellage ...«
»Na dann musst du die Heizung runter drehen ... Auaaa! Hauen verboten!
Dass Frauen einem nie richtig zuhören können.«
Sissy schmunzelte zufrieden vor sich hin. Erstens war sie mittlerweile getrocknet und abgekühlt, und zweitens hatte sie ihren Kollegen dieses Mal besser getroffen.
Sie passierten jetzt das neue, wie Sissy fand äußerst hässliche und protzige Einkaufscenter Milaneo.
Also wenn das hier in Stuggi so weitergeht, dann werden die Kinder, in Zukunft, die Farbe des Himmels nur noch im Fernsehen bewundern können, dachte sie. Diese Stadt bräuchte so dringend mehr Grün und Freiflächen. Schrecklich ...
Eric riss sie aus ihren finsteren Gedanken.
»Zurück zu unserer serbischen facility-Fachfrau ... du hast absolut recht. Ich bin felsenfest davon überzeugt, dass sie etwas weiß ...«
»Ja aber warum hast du sie denn dann so schnell vom Haken gelassen?«
»Weil ich gemerkt habe, dass sie zumacht. Das hätte nichts mehr gebracht.
Wir lassen sie jetzt mal eine Weile schmoren und starten dann, völlig unerwartet, einen Überraschungsangriff aus dem Hinterhalt.«
»Also manchmal schaffst du es tatsächlich noch, mich zu ... Vooorsiiicht!«

Ein großer Mercedes SUV hatte, ohne zu blinken, die Spur gewechselt und dabei um ein Haar den Dienstwagen gerammt. Eric hatte alle Mühe, eine Kollision zu verhindern, schaffte es allerdings trotzdem noch, fast gleichzeitig, die Hupe zu betätigen.
Der Fahrer des Geländewagens, der beinahe einen Unfall verursacht hatte, gestikulierte wild.
»Sag mal, das glaub ich ja jetzt nicht! Hat der uns gerade einen Vogel gezeigt?«
Eric nickte.
»Seh ich genauso. Hol mal das Bläuli raus, bitte.«

»I han's hald eilig, Hergottssackra ...«
»Ruhe jetzt! Nehmen Sie sich zusammen, Herr ...«
Sissy schaute auf den Ausweis des ungestümen Fahrers, den sie überholt und auf Höhe des Pragfriedhofes angehalten hatten.
»... Scheufele. Zwei Anzeigen erwarten Sie bereits. Eine wegen Gefährdung des Straßenverkehrs, und eine weitere gibt es für die Beleidigung. Wenn Sie nicht noch zusätzlichen Ärger möchten ...«
Sissy ließ den Satz in der Luft hängen.
Eric kam zurück vom Dienstwagen und gab dem echauffierten, dickbäuchigen Schwaben dessen Führerschein zurück.
»Liegt nichts weiter vor«, sagte er zu Sissy. Dann wendete er sich dem mittlerweile kleinlauten Verkehrsrüpel zu.
»Sie können weiterfahren. Aber benutzen Sie in Zukunft Ihren Blinker.

Dafür hat ihn der Herr Daimler da eingebaut. Sie bekommen dann in den nächsten Wochen Post ...«

Eric schüttelte seine dunkelbraune Mähne.
»Wahrscheinlich ist echt die Hitze Schuld daran, dass alle so durchdrehen.«
»Nein, mein Hase«, erwiderte Sissy, »Die Jungs in diesen Autos fahren immer so. Und im Winter, wenn hier ausnahmsweise mal Schnee liegt, lieben sie es, dir mit ihren fetten Karren, im zu schnellen Vorbeifahren, den Matsch auf dein Auto zu fetzen.«
»Nun ja ... man muss das verstehen ... schließlich hatte es Monsieur eilig.«
Erics Stimme triefte vor Ironie.
»Ja, natürlich. Ich kann dir auch sagen warum. Da Freitag ist, hat der Herr Scheufele eine ganz dringende Verabredung mit seinem Segelboot oder auf dem Golfplatz.«

»Es ist zum Mäusemelken. Die Herrschaften des Landesarbeitsgerichts scheinen sich wahlweise auf ihrem Segelboot oder irgendeinem Golfplatz zu befinden und sind natürlich alle telefonisch nicht zu erreichen.«
Dr. Staudt schüttelte den Kopf, und Sissy fragte sich, worüber er sich mehr ärgerte. Über die Tatsache, dass sie noch immer nicht wussten, wer der Tote war, oder die, dass er selbst nicht über sein geliebtes Green wandeln konnte. Sie vermutete Letzteres.
Die Abteilung der Mordkommission hatte sich erneut, und dieses Mal vollzählig, im Chatroom eingefunden.

Die Stimmung war gedrückt. Sie wussten immer noch nicht, wer der Tote war.

»Herr Diesner, wie weit sind Sie?«

Kai Diesners Stimme war die Erschöpfung deutlich anzuhören.

»Ich habe jetzt sechs der in Frage kommenden Schuhmacher-Meister abgeklappert. Kein Treffer«, krächzte er matt.

Und bedauernd fügte er hinzu: »Leider.«

Edeltraut Schwämmle meldete sich zu Wort.

»Das den niemand vermisst ... das gibt es doch gar nicht.«

Harald Stark von der Spurensicherung zuckte mit den Achseln.

»Nun ja ... wie wir aufgrund des Ehering-Abdruckes wissen, *war* er verheiratet. Vielleicht lebte er allein. Und dann wird man nicht so schnell vermisst. Außerdem ... so furchtbar lange ist das ja noch nicht. Er ist gerade mal zwölf bis vierzehn Stunden tot. Manche Menschen liegen über Wochen oder sogar Monate tot in ihren Wohnungen, ohne dass irgendeiner
etwas davon mitbekommt. Bis ... es dann anfängt, streng zu riechen ...«

Unfassbar, aber wahr, dachte Sissy, und erinnerte sich an den ein oder anderen Fall, der in den letzten Jahren durch die Medien gegeistert war.

Aber ändert sich dadurch etwas in dieser Gesellschaft?, fragte sie sich.

Nein. Jeder heuchelt kurz Betroffenheit, und nach fünf Minuten ist es auch schon wieder raus aus den Köpfen.

Kaum jemand wird deshalb aufmerksamer oder mitfühlender ...

Dr. Staudt runzelte die Stirn, und riss sie aus ihren düsteren Gedanken.

»Was Sie sagen, Herr Kollege, ist zwar nicht von der Hand zu weisen.

Dennoch ... uns läuft die Zeit davon! Ein Toter am LAG, noch dazu vermutlich ein Jurist ... das wird mächtig Staub aufwirbeln. Ich sehe schon die Schlagzeile vor mir ...«

Wie genau diese lauten sollte, darüber ließ der »Chef«, wie ihn jenseits seiner Anwesenheit alle zu nennen pflegten, die versammelte Mannschaft im Unklaren.

»Also los, Herrschaften! Zurück an die Arbeit.«

Mit den letzten Worten war er auch schon aufgestanden und halb aus dem Raum.

Sissy, deren hitzegeplagten Sinne alles nur halb so schnell wahrnahmen, wie es passierte, erschrak, als Eric von hinten an ihrer Stuhllehne ruckelte.

»Erde an Alissa ... möchte das Fräulein Ulmer mitkommen und ihren Kollegen bei der Arbeit unterstützen? Oder soll ich der Dame einen kühlen Cocktail mit Schirmchen servieren, während sie von der wunderschönen Nordsee träumt?«

»Du kleiner, fieser Muschelschubser! Nenn mich gefälligst nicht Fräulein! Das darf eigentlich nicht mal der Chef.«

»Ich weiß. Aber er macht's halt einfach. Und ich dachte, ich probier das auch mal aus ... Aua! Wie oft muss ich dir das eigentlich noch sagen? Du sollst mich nicht

schlagen!«
»Wieso? Du fährst doch im Moment gar nicht Auto.«
Sissy grinste ihn frech von der Seite an, während sie neben ihm her Richtung Tür ging.
Auf dem Weg zurück, in ihr gemeinsames Büro, schwiegen beide.
Eric schloss die Tür.
»Was machen wir denn jetzt? Wir haben nicht den geringsten Anhaltspunkt. Solange das Kind keinen Namen hat, sind uns ja wohl einigermaßen die Hände gebunden.«
»Also echt, Eric. Deine Ausdrucksweise manchmal ...!«
»Wieso?«, spielte er das Unschuldslamm.
Sissy schenkte ihm den strengsten Blick, zu dem sie in der Lage war, angesichts der Tatsache, dass ihr das, was sie am gegenüberliegenden Schreibtisch sitzen sah, ausnehmend gut gefiel.
Wie lecker der »Kleine« heute wieder ... Hallo ... aufhören! Das ist dein Arbeitskollege ...!
»Also, Fräu ..., ähm, Frau Kollegin ... wat nu?«
»Da hast du aber gerade noch mal die Kurve gekriegt, Freundchen.«
Sissy hatte instinktiv etwas gegriffen, dass sie nach ihrem frechen Gegenüber werfen konnte und ließ nun, in Begleitung eines gnädigen Blickes, den Locher wieder los.
»Das hat ja jetzt hier alles irgendwie keinen Zweck mehr. Solange wir nicht wissen, wer er war, haben wir auch keinen Punkt, an dem wir ansetzen können. Pathologie läuft, Spusi läuft, Vermisstenanzeigen machen Edeltraut

und Erwin. Diesi piesackt die Schuster, und Dr. Staudt versucht, seinen Frust darüber zu verkraften, dass er nicht auf seinen heißgeliebten Golfplatz kann. Lass uns Schluss machen für heute.«
»Hast recht. Ab jetzt ist sowieso Dauerbereitschaft angesagt.
Wahrscheinlich klingelt das Telefon, sobald wir beide zuhause unter der Dusche stehen ...«
»Pah ... Dusche! Ich hab eine bessere Idee.«
Sissy zwinkerte ihm zu und schwang sich elegant vom Bürostuhl.
»Komm mit, wir fahren ans Meer.«

- 5 -

»Also ich finde das Bad Berg ja auch wirklich klasse ... aber es gleich als Meer zu bezeichnen ... ist nicht das ein bisschen übertrieben?«
Eric rieb sich mit einem kleinen, weißen Handtuch den Schweiß von der Stirn. Er und Sissy standen in einer gigantischen Menschenschlange vor dem schönsten der drei Mineralbäder Stuttgarts. Jedenfalls war dies Sissys Meinung und viele andere Stuttgarter teilten sie.

Der offizielle Name des wunderschönen, uralten Areals mit seinem eiskalten Mineralwasserbecken, dem alten Baumbestand von exotischen Gehölzen und den prachtvollen Rosenhecken war »Mineral-Bad Berg«.
Die meisten Stuttgarter nannten es einfach »das Berg«.
Die Betagteren und einige jüngere Semester, die als Insider gelten wollten, nannten es jedoch das »Neuner«. Dies war der Name des ehemaligen, Königlichen Hofgärtners, der für die Entstehung dieses, wie Sissy fand, kleinen Paradiesgartens, verantwortlich war.
Das Bad verfügte auch über ein innenliegendes Becken,

das deutlich wärmeres Wasser beinhaltete. Aber dafür hatte Sissy sich nie wirklich interessiert. Sie liebte das eiskalte Mineralwasser des Außenbereiches.
Und sie amüsierte sich köstlich über die Hierarchien, die auf dem Rasen und um das Becken herum herrschten, was die Platzwahl anging.
Denn hier konnte sich nicht einfach jeder hinlegen, wo er wollte. Oh nein!
Es gab mannigfach ungeschriebene Gesetze, wer wo sein Handtuch drapieren durfte, und wo nicht, weil ein Stammgast diesen seit Jahren, zum Teil seit Jahrzehnten, zu seinem Revier erkoren hatte.
Mit welchen skurrilen Methoden die alten »Bergianer« teilweise vorgingen, um das, wie sie fanden, ihnen zustehende, gute Recht durchzusetzen, war mitunter zum Brüllen komisch. Sissy, die sich bei ihrem ersten Aufenthalt, vollkommen blauäugig, einfach ein schönes, schattiges Plätzchen zwischen zwei Bäumen ausgeguckt hatte, hatte noch Glück gehabt. Sie war an Sylvia geraten.
Ihre Handtuchnachbarin war gerade aus den kalten Fluten gestiegen, als sie anfing, ihre Bambusmatte und das XXL-Badetuch unter einem mehrere hundert Jahre alten, japanischen Ahorn auszubreiten.
»Du bist neu hier, richtig?«, hatte ein großer, tropfender, dunkel gelockter Schatten im Tiger-Bikini auf sie herunter gesprochen.
Sissy war irritiert gewesen, aber für ihre ansonsten eher aufbrausenden Verhältnisse, erstaunlich ruhig geblieben.
»Hallo. Ja stimmt. Woher wissen Sie …?«

»Ich bin die Sylvia. Und das erste, was du dir merken solltest ist, dass hier nicht steif gesiezt wird.«

»Aha, okay ... ja dann ... ich heiße Alissa, aber die meisten nennen mich Sissy.«

Die Tiger-Lady ließ sich im Schneidersitz auf ihr Hoheitsgebiet hinab.

»Also ... Sissy ... hier haben ganz viele ihren angestammten Bereich. Und du musst gewaltig aufpassen, dass du dich nicht in die Nesseln setzt. Das meine ich übrigens nicht wörtlich ...«

Dann war sie von Sylvia, die ihren Lebensunterhalt als Joga-Lehrerin verdiente, über die Gegebenheiten aufgeklärt worden.

Seit damals wusste sie, wer wo zu liegen und zu sitzen hatte, und war äußerst dankbar dafür. Außerdem hatte sie in Sylvia eine gute Bekannte gefunden, mit der es sich ab und zu nett plaudern ließ. Was allerdings noch viel wichtiger war: Immer, wenn Sissy sich erst gegen Nachmittag im »Berg« blicken ließ, hatte Sylvia ihr ein kleines Stückchen Rasen frei gehalten. Denn das Problem an diesem wunderbaren Ort der Ruhe und Entspannung war, im Hochsommer, definitiv der Platzmangel.

»Ach, du warst schon mal hier?«, fragte Sissy zurück. »Davon weiß ich ja gar nichts ... Seit wann hast du Geheimnisse vor mir, Liebling?«

Sie war, trotz Schlange und Hitze halbwegs guter Dinge, weil sie wusste, dass sie sich in schätzungsweise zwanzig Minuten die Kleider vom Leib reißen konnte und, nach

kurzem Abbrausen, in das kühle Nass kam. Und weil ihr klar war, dass sie und Eric nicht lange nach einem Ort suchen mussten, an dem sie »ihre Zelte« aufschlagen konnten-dank Sylvia.
»Sag mal, du bist so gut gelaunt. Ist dir klar, dass wir jetzt gleich durch die Handtuch-Armada taumeln dürfen, und dann vermutlich irgendwann frustriert am Beckenrand sitzen, weil alles voll ist?«
»Ha! Du wirst gleich Augen machen ... Hast du eigentlich einen Zehnerchip? Nein? Ts, ts, ts. Na, ich will mal nicht so sein. Du bist eingeladen.«

»Komm schon, du Hasenfuß!«
Sissy war bereits im Wasser.
Nachdem sie Sylvia und Eric einander vorgestellt hatte, wobei ihr das Leuchten in den Augen ihrer persönlichen Platzhalterin nicht entgangen war, hatte sie ihren Kollegen in Richtung der Duschen gescheucht. Sie war anschließend langsam, aber dennoch sehr zielstrebig ins Becken gestiegen.
Eric hatte sich gerade mal einen Testknöchel hoch in das trinkbare Mineralwasser gewagt.
»Das ist kahalt!«, war die Antwort.
Sissy schüttelte den Kopf. Auf der anderen Seite, wenn ich ihn da so stehen sehe ... den Anblick halte ich schon noch ein bisschen aus. Er ist einfach ein süßer Käfer. Sylvia hat auch gleich Feuer gefangen. Dass der immer noch solo ist ..., ging es Sissy durch den Kopf.
Ein lautes »Platsch« riss sie aus ihren nicht ganz jugend-

freien Gedanken.
Eric hatte sich in das kühle Nass gestürzt und tauchte nun neben Sissy, in Begleitung seltsamer Geräusche, wieder auf.
»Huaah, pfff, ha, ha, huaah ...«
Er schüttelte den Kopf, dass das Wasser nur so aus seinen halblangen, dichten, dunkelbraunen Haaren spritzte.
»Oh Maaann! Ist das schweinekalt!«

- 6 -

Drei Stunden später, nach Plantschen, Relaxen und mit Sylvia Plaudern, hatten Sissy und Eric sich, vor dem Ausgang, voneinander verabschiedet.
Wären sie bis zwanzig Uhr geblieben, hätten sie über die alten, knisternden und knackenden Lautsprecher noch dem obligatorischen »Rauswurf-Lied« von Rudi Schuricke lauschen können. Eine weitere Kuriosität dieses Bades. Es trug den vielsagenden Titel: »Auf Wiedersehen«, womit es an dessen Botschaft nicht das Geringste zu deuteln gab.
Sissy wäre gerne bis zum Schluss geblieben, was vor allem auch daran lag, dass das Bad, in wenigen Wochen, für mindestens zwei Jahre geschlossen werden würde. Das in die Jahre gekommene »Schätzchen« sollte saniert werden. Das war zwar absolut nötig und eigentlich längst überfällig.
Trotzdem vermisste Sissy es schon jetzt. Aber nun hatte sie eine dringende Verabredung.
Die Telefone der beiden Kommissare waren bis zu diesem Zeitpunkt stumm geblieben. Niemand hatte versucht, sie

zu erreichen. Die Trauer darüber hielt sich auf beiden Seiten in Grenzen.
Jetzt saß Sissy in der Linie U2, Richtung Innenstadt. Sie wollte ihr Versprechen gegenüber Kai Diesner einlösen und ihren langjährigen Freund und großer-Bruder-Ersatz, Schuhmacher-Meister Ralf Nagel
fragen, ob er die Maßschuhe der, immer noch unbekannten, Leiche angefertigt hatte.
Es war bereits halb sieben, aber die Hitze schien sich nun erst richtig warm zu laufen. Zum Glück war die Bahn klimatisiert und Sissys Körper, durch das Schwimmen, abgekühlt. Aber sie spürte schon jetzt, dass dieser Umstand nicht von langer Dauer sein würde.

»Kommen die beiden Hübschen dir irgendwie bekannt vor, Meister?«
Sissy saß im bereits geschlossenen Laden ihres Freundes und hielt ihm ein Foto unter die Nase. Darauf zu sehen waren die Maßschuhe des unbekannten Toten.
»Ja freeeeiiiliiich! Die sin von mir! Was isch denn los? Gibt's ebbes zom mäggern? Ond braucht mer do dafür etzed scho die Krippo?«
Der König der Maßschuhe, Herrscher über orthopädische Einlagen, Mutter bzw. Vater Theresa aller Krummfüßigen, Laufbuckligen und schlechte-Schuhe-trage-Geschädigten, war fassungslos.
Sissy tätschelte beruhigend seine Hand.
»Rälfle ... neineinein ... nicht doch. Er war sicher überglücklich mit den sündhaft teuren Tretern ...«

»Ha sag a mal, schbinnsch du? Qualidäd hod hald ihrn Preiß! Billig gibt's woandersch ... die send jeden Pfennig wert. Des sag i dir fei ...!«

»Ja doch! Ich weiß! Aber der Besitzer dieser tollen Teile ist tohot! Und wir wissen nicht, wer er ist. Also ...?«

»Wie bidde?«

Jegliche Farbe war aus dem sonst so jungenhaft-rosig wirkenden Gesicht gewichen.

»Was isch denn bassiert, um der Goddes Wille?«

»Ich glaube, das erzähl ich dir, wenn du dich wieder gefangen hast. Sag mir bitte erst mal, für wen du die angefertigt hast, ja ...?«

»Ha die waret für den Richter ... den Sünderle.«

Sissy holte jetzt ein zweites Foto aus ihrer Ledermappe, auf dem man lediglich das Gesicht des Toten sehen konnte. Es war in der Pathologie aufgenommen worden. Sie reichte es an Ralf Nagel weiter.

»Ist er das?«

Immer noch blass um die Nase, und fassungslos den Kopf schüttelnd, antwortete er.

»Jaa.«

Er atmete einige Male tief ein und aus. Eigentlich war er ein Energiebündel sondergleichen und selten um einen flapsigen Spruch verlegen. Im Moment wirkte er allerdings eher wie eine nicht mehr ganz taufrische Schuhsohle, die dringend reparaturbedürftig war.

Sissy stand auf und nestelte ihr Smartphone aus der Tasche.

»Ich bin gleich wieder bei dir. Muss kurz telefonieren.«

- 7 -

»Ich bin gespannt, wie sie reagiert.«
Sissy und Eric saßen im Auto, auf dem Weg zur Ex-Ehefrau des Toten, von dem sie nun ziemlich sicher wussten, dass er Reiner Sünderle hieß und als Richter am Landesarbeitsgericht beschäftigt gewesen war. Bis zu dem Zeitpunkt, als ihn eine noch unbekannte Person, auf ziemlich brutale Art und Weise, von dieser Tätigkeit »entbunden« hatte.
Eric, der auf dem Beifahrersitz lümmelte, ließ nur ein undeutliches Brummen vernehmen, das klang wie:
»Hmmh.«
»Ist was mit dir?«
Sissy, die am Steuer saß, warf ihm einen kurzen, skeptischen Blick zu, bevor sie sich wieder auf die Straße konzentrierte.
Sie war dabei, die neue Weinsteige zu erklimmen. Steil, schmal, kurvig und zweispurig schlängelte sich eine der Hauptverkehrsadern Stuttgarts über die bergige Landschaft, von der der innerstädtische Talkessel umgeben war.

Es dämmerte und der Verkehr war relativ dicht. Es war halb zehn Uhr abends. Ein Heer von Feierwütigen mischte sich mit einigen, verspäteten Wochenendpendlern.
»Was? Ähm, nee ... wieso fragst du?«
Eric schaute immer noch rechts aus dem Fenster und wirkte abwesend.
»Na dann ist es ja gut.« , sagte Sissy zur Windschutzscheibe, während sie im Stillen dachte: Du hast was ... und ich krieg schon noch raus, was es ist. Verlass dich drauf!

»Guten Abend. Frau von Neustätten? Die Kommissare Ulmer und Jahn.
Wir hatten angerufen ...«
»Na jetzt wird die Bude aber voll«, blecherte eine weibliche Stimme, schleppend nuschelnd aus der Gegensprechanlage. »Kommen Sie rauf. Achter Stock. Ganz hinten links.«
Der Türsummer ertönte, und Sissy und Eric betraten das schäbige Hochhaus.
»Sag mal, glaubst du, die Frau hat einen Sprachfehler? Oder hat sie ...?«
Eric hielt sich eine unsichtbare Flasche an den Mund, öffnete die Lippen und legte den Kopf in den Nacken.
»Vermutlich letzteres. Wir werden es gleich wissen. Wahnsinn, wie das hier stinkt!«
Sissy rümpfte ihre Stupsnase und verspürte eine aufkommende Übelkeit.

Irgendwie ein bisschen wie im Krankenhaus. Nur ohne Kaffee- und Desi-Duft, dachte sie.
»Achter Stock. Na Prost Mahlzeit. Hoffentlich gibt es hier einen Lift.«
Es gab. Jedenfalls theoretisch. Leider heftete an der Fahrstuhltür ein großes, krumm ausgeschnittenes Stück Pappkarton, auf dem stand: »Auser Betrib!!«
Eric stöhnte. Ob dieses Geräusch der Orthographie des Schildes, oder der Tatsache, dass sie nun die acht Stockwerke zu Fuß überwinden mussten, geschuldet war, blieb sein Geheimnis.
Er hatte die Tür zum Treppenaufgang bereits geöffnet. Sissy kletterte hinter ihm die Stufen hinauf.
Solange ich noch halbwegs Luft bekomme, versuch ich es nochmal, dachte sie.
»Duhu, Eric ...«
»Jaha, was ist denn?«
»Warum warst du denn vorhin im Auto so abwesend? Immer wenn du so vor dich hin brummst, werd ich skeptisch ...«
Er blieb so abrupt stehen, dass Sissy, die extra Schwung geholt hatte, um die Bergwanderung zu stemmen, um ein Haar aufgelaufen wäre.
»Ok, Du kleines, neugieriges Etwas ... gibst ja sonst eh keine Ruhe mehr.«
Er drehte sich zu Sissy um. »Ich kann es nicht greifen. Aber ich hatte die ganze Fahrt über ein seltsames Gefühl.«
»Aha ... Kannst du das irgendwie genauer definieren?«

Eric drehte sich um und stieg weiter die Treppen hinauf. Sie folgte ihm.
»Ach ich weiß auch nicht. Es ist auch nichts Dramatisches. Nur so eine Art unguter Vorahnung.«

»Wie ich sueben erfahren habe, hihicks, muss ich Sie ja nicht vorschellen ...« , lallte Renata von Neustätten, als sie, leicht schwankend, die beiden Kommissare in das schummrige, kleine Wohnzimmer führte.
Sowohl Sissy, als auch Eric blieb, für einen kurzen Moment, der Mund offen stehen.
»Hallo Freunde des Gesetzes. Long time, no see ... Alissa, wie immer siehst du zauberha...«
Eric hatte seine Sprache als erster wieder gefunden.
»Was zum Teufel hast du hier zu suchen? Ich glaub, ich schiele ...!«
Auf einem abgewetzten, schmutzig-beigen Cordsofa saß kein geringerer, als der, im Polizeipräsidium wohl bekannte und von niemandem geschätzte, Privatdetektiv Heiko Eitler.
Ganz besonders Eric geriet immer wieder mit dem privaten Ermittler aneinander. Er war es auch gewesen, der ihm den Spitznamen »Eiter« verpasst hatte, weil Heiko Eitler oft dann bei Fällen in Erscheinung trat, wenn diese anfingen, besonders unappetitliche Details zu Tage zu fördern.
Sissy hingegen mochte ihn aus einem anderen Grund nicht. Sie hatte sich bereits zwei Mal von ihm verführen lassen. Und das obwohl sie weder der Typ für one-night-

stands war, noch besondere Sympathien für den Detektiv hegte. Im Gegenteil. Sie fand den Sohn reicher Eltern, der es eigentlich überhaupt nicht nötig hatte zu arbeiten, arrogant und irgendwie schleimig. Das anzügliche, vielsagende Grinsen und die doppeldeutigen Kommentare, in ihre Richtung gehend, machten ihr Begegnungen wie diese, seitdem zusätzlich nicht gerade leichter.
Oh no! Jetzt weiß ich, warum Eric so ein ungutes Gefühl hatte. Normalerweise bin ja ich diejenige mit den Vorahnungen ..., dachte sie, wurde jedoch unmittelbar abgelenkt.
Eric taxierte den Detektiv, und sah dabei aus, als wollte er ihm an die Gurgel gehen. Heiko Eitler genoss es sichtlich, dass er es wieder einmal geschafft hatte, einen ansonsten ziemlich gelassenen, ihn um mindestens einen Kopf überragenden Kriminalhauptkommissar, durch seine bloße Anwesenheit, aus der Fassung zu bringen.
Er lehnte sich zurück, spreizte die Beine noch ein wenig mehr und blickte interessiert auf die Eiswürfel, die er in seinem, mit einer goldbraunen Flüssigkeit gefüllten, Glas kreisen ließ.
»Die Frage kann ich dir ganz einfach beantworten. Frau von Neustätten ist meine Klientin.«
»Raus!«
Erics scharfe Aufforderung wurde begleitet von einem in Richtung Tür zeigenden Daumen.
»Also hören Sie maaal ...«, lallte die im Türrahmen lehnende Wohnungsinhaberin. »Herr Eitler iss mein Gast. Und das iss immer noch mein, hicks, Suhause. Da

entsseide ich alleine wer hier geht und kommt un sso weiter un sso fort, bla bla, bla, Herr Hautkommisssaaa.«

Sie warf Eric einen verschleierten, aber dennoch erkennbar bösen Blick zu. Der Detektiv hatte sich jedoch bereits katzengleich erhoben.

»Lassen Sie es gut sein, gnädige Frau. Wir hatten ohnehin soweit alles besprochen.«

Er leerte sein Glas in einem Zug und stellte es sanft auf dem zerkratzten Couchtisch ab. Er nahm die rechte Hand der Gastgeberin und führte sie bis fast an den Mund, da er sich gleichzeitig verbeugte.

Elender Schleimer, dachte Sissy.

Wie konnte ich nur ...? Aber das passiert mir unter Garantie nie wieder!

»Ich darf mich empfehlen. Und falls weitere Fragen sind, bin ich Tag und Nacht für Sie erreichbar, Gräfin. Einen schönen Abend noch. Alissa ...«

Er drehte sich um und bedachte Sissy für einen Moment mit seinem Adler-Blick. »Vielleicht sehen wir uns ja demnächst einmal wieder. Es ist immer eine Freude, in ... deiner Nähe zu sein.«

Er neigte leicht den Kopf, zwinkerte ihr zu und verließ geräuschlos den Raum, ohne Eric auch nur eines Blickes gewürdigt zu haben.

Sissy merkte, wie die Hitze anfing, von unten nach oben, über ihr Gesicht zu kriechen.

Zum Glück bemerkte es niemand. Renata von Neustätten begleitete stolpernd ihren Gast zum Ausgang, während Eric hektisch in seiner linken Jackentasche kramte.

»Was machst du denn da?«

Eric hatte mittlerweile das gesuchte Objekt gefunden und gezückt, und tippte jetzt aggressiv auf das Display. Er antwortete nicht, sprach jedoch kurz darauf in sein Smartphone. »Jahn hier. Eine Fahndung ... Kennzeichen S-HE 4893. Fahrzeughalter Heiko Eitler ... Was, warum? Verdacht auf Trunkenheit am Steuer. Wie bitte? Na irgendwo zwischen Stuttgart Möhringen und der Tübinger Strasse, wo er seinen sch... Puff betreibt. Wat is? Nein, verdammt nochmal!

Kein Delikt im Rotlichtmilieu. Bewegt euch gefälligst. Und meldet euch wieder bei mir, wenn ihr ihn habt. Ende!«

Irgendwo im hinteren Teil der Wohnung hörte man das Rauschen einer Toilettenspülung.

Eric wirkte plötzlich deutlich entspannter. Sissy schaute ihn von der Seite an und schüttelte kaum merklich den Pferdeschwanz.

»Kindskopf!«

Aber schmunzeln musste sie trotzdem.

Renata von Neustätten betrat, mit nun erheblicher Schlagseite, wieder das Wohnzimmer.

Das Glas in ihrer Hand war frisch aufgefüllt und fast am überschwappen. Sie ließ sich ziemlich wacklig auf einem ebenso aussehenden Stuhl nieder, der der Couch, auf der Sissy und Eric saßen, gegenüber stand.

Sissy hatte es vermieden, der Ex-Frau des Richters die Todesnachricht am Telefon zu übermitteln. Nun holte sie dies, so schonend es ihr möglich war, nach. Sowohl sie, als auch Eric hatten in ihrem langjährigen Berufsleben immer wieder die dramatischsten Reaktionen auf schockierende Nachrichten wie diese erlebt. Aber das, was ihnen nun zu Augen und Ohren kam, war für beide völlig neu.

Renata von Neustätten hatte plötzlich ein schiefes Grinsen auf dem Gesicht und in ihren stark geröteten Augen lag ein giftig-funkelnder Glanz.

»So, so ...«, kiekste sie. »Das dumme Assloch is also hinüber ... noch ein Grund, su feiern. Sie möchten wirklich nixss su trinken«

- 8 -

»Mir scheint ... ich rieche ...«
Eric saß auf dem Beifahrersitz, hielt die wohlgeformte Nase in die Luft und schnupperte.
»Ja, hmm ... ich glaube, ich rieche ...«
Sissy, die am Steuer des Dienstwagens versuchte, unfallfrei, die Stuttgarter Weinsteige hinunter zu fahren, herrschte ihren Kollegen ungeduldig von der Seite an: »Was denn? Jetzt mach's halt nicht so spannend! Der Verkehr ist durch die ganzen überhitzten Spinner aufregend genug!«
»Ja doch, Chefin! Ich rieche ... ein Motiv.«
Sissy korrigierte fluchend und ruckartig die Spur, und zischte erneut Richtung Windschutzscheibe: »Geht's noch? Wenn Ihr es nicht schafft, auf eurer Fahrbahn zu bleiben, kommt das nächste Mal mit der Bahn. Elende Landeier! Sieht man direkt am Kennzeichen, dass das nix werden kann.«
»Ohauehaueha! Madame sind ja wieder extrem gut drauf, in dieser lauschigen Sommernacht.«
Er hatte dabei ein breites Grinsen auf dem Gesicht, das

sie nur deshalb sehen konnte, weil die Ampel am Bopser, just in diesem Moment, auf rot gesprungen war.

Sie drehte den Oberkörper noch etwas weiter nach rechts und sah ihn, halb gestresst, halb tadelnd, von der Seite an.

»Du hast auch nur deshalb so gute Laune, weil du a nicht inmitten dieser wild gewordenen Herde Auto fahren musst, und b weil du es geschafft hast, dass Heiko vermutlich für mindestens ein halbes Jahr seinen Führerschein verliert.«

Eric erwiderte ihren Blick mit gespieltem Entsetzen.

»Nein! Wofür hältst du mich? Aber man sollte sich einfach nicht betrunken hinter's Steuer setzen. Egal, wer man ist, oder ... wer man zu sein glaubt ...«

Jetzt sieht er gerade ein bisschen aus wie eine fleischfressende Pflanze, dachte Sissy und fuhr an, da die Ampel auf grün sprang.

Sie konzentrierte sich wieder auf den immer dichter werdenden Verkehr, während Eric weiter sprach.

»Die von Neustätten hatte ein glasklares Motiv ihren Ex umzubringen, und ich finde, das ist ein Grund, optimistisch in die Zukunft zu blicken.

Zumindest, was einen schnellen Abschluss des Falles angeht. Meinst du nicht auch?«

»Glasklar? Na ja ... Sie hat, in einem einigermaßen bedauernswerten Zustand, diverse Hasstiraden von sich gegeben. Ich hoffe, dass sie morgen früh klar im Kopf ist, wenn sie zur Befragung kommt. Falls sie überhaupt auftaucht.«

»Also ich sehe das ein bisschen anders. Auch wenn sie nicht mehr ganz nüchtern war, so hat sie doch relativ plausibel erklärt, dass ihr Ex sie sowohl finanziell als auch psychisch und gesellschaftlich ruiniert hat. Und dass das stimmt, war unschwer zu erkennen.«

»Schauen wir mal ... sag, kannst du bitte am Charlottenplatz abspringen?

Dann kann ich gleich rechts abbiegen. Ich hab noch eine prickelnde Verabredung in meinem Pool.«

Erics Stimme verriet, dass sein kurzer Euphorie-Anfall beendet war.

»Was für eine Verabredung? Und seit wann hast du ...«

Sissy hatte angehalten, da die Ampel drei Autos weiter vorne umgesprungen war.

Jetzt sieht er ein bisschen aus, wie ein Hundewelpe, dem man aus Versehen auf den Schwanz getreten ist, dachte sie.

»Schnell, raus jetzt! Bis morgen. Schlaf gut.«

Eric brummte: »Ja, ja. Schon gut. Ciao!«, und stieg aus.

Als Sissy auf der linken Spur der B14 durch das Schwanentunnel fuhr, lächelte sie immer noch.

- 9 -

Eine halbe Stunde später lag sie, gemeinsam mit ihrer Freundin Anna Scheurer, in einem aufblasbaren, hellblauen Plantschbecken, das immerhin den stattlichen Durchmesser von einem Meter sechzig aufwies.
Es war mittlerweile fast Mitternacht. Das Außenthermometer, zeigte immer noch knappe 30 Grad an, und obwohl sich Sissys Wohnung im vierten Stock befand, regte sich kein Lüftchen. Die Luft in Bad Cannstatt stand.
»Aaaaah, ist das herrlich!«, seufzte Anna erkennbar zufrieden. Sie arbeitete als Chefstewardess und hatte sich, gleich nachdem sie mit der letzten Maschine aus Frankfurt gelandet war, zu Sissy auf den Weg gemacht.
»Weißt du ...«, fuhr sie, sich wohlig im kühlen Wasser rekelnd fort, »... ein bisschen verrückt ist es ja schon, sich einen Kinderpool auf den Balkon zu stellen ... aber es ist halt auch irgendwie einfach ...«
»Genial?«
Sissy hatte den Kopf vom Rand erhoben und zwinkerte ihrer Freundin zu.
Anna drehte sich leicht und angelte nach ihrem Glas, das

sie, neben dem Becken, auf die Holzdielen gestellt hatte.
»Ganz genau! Prost, Frau geniale Hauptkommissarin.«
Sie nahm einen großen Schluck.
»Und diese Melonenbowle ... oh Mann ... jetzt geht's mir gut!«
Sissy erwiderte den Toast.
»War die Tour so schlimm, armer Käfer?«
Der Kerzenschein der Windlichter, die Sissy überall auf dem Balkon aufgestellt hatte, tanzte auf der Wasseroberfläche und über das Gesicht ihrer Freundin.
»Ach, geht so. Die Crew war toll, aber es sind wieder so ein paar Geschichten passiert. Ich sag's Dir ...«
»Erzähl ...«
Anna Scheurer winkte müde ab und ließ gleich darauf ihre Hand ins Wasser fallen, was ein lautes Platschen verursachte.
»Ich hab den ganzen Tag soviel geredet. Ich brauch ein Päusle. Erzähl du erst mal weiter. Dieser Richter, der da gekillt wurde, der hieß wirklich Sünderle? Und auch noch Reiner? Was für ein Name ... in dem Job!«
Sie kicherte.
»Ja. Aber das kennst du doch auch. Ich meine kuriose Nachnamen in Verbindung mit bestimmten Berufen. Was habt ihr da alles bei euch? Wie hieß nochmal der eine Kapitän? Niemand?«
Sissy kicherte.
»Ja ja, der Rüdiger. Mit dem zu fliegen ist sowieso sehr nett. Aber seine Ansagen, sind dann immer noch das Sahnehäubchen.«

Anna ballte die rechte Hand zu einer Faust, aus der nur noch der Daumen ragte, um ein Mikrofon zu imitieren, in das sie nun sprach.

»Guten Morgen, verehrte Fluggäste. Ihr Kapitän ... danach macht er immer eine deutliche Pause, und dann kommt: Niemand begrüßt Sie an Bord.«

Anna grinste.

»Am Schönsten ist es, dabei in die Kabine zu schauen und sich die Gesichter anzusehen, während er das sagt. Normalerweise hören Passagiere ja gerne eher weg, wenn etwas durchgegeben wird. Besonders die Geschäftsftleutchen. Die sind ja sowieso in der Mehrzahl zu cool für diese Welt und wissen alles besser. Aber da siehst du dann selbst bei der abgebrühtesten Heuschrecke ein leichtes Zucken in den Mundwinkeln.

Und der absolute Gipfel ist, dass er das ganze dann noch auf Englisch bringt. Good mornning ... ladies and Gentleman, this is your Captain ... nobody welcomes you on board ...«

Sissy lächelte und wand sich dann, wie ein Aal, um an ihre Zigaretten zu kommen, die neben dem »Schwimmbad« lagen. Sie richtete sich auf und wechselte in den Schneidersitz.

»Ja, schon wirklich kurios, das mit den Namen. Aber nicht immer nur lustig. Ich hab das erst neulich wieder gedacht. Da läuft doch seit Jahren dieser Neo-Nazi-Prozess ...«

Anna drehte sich zu Sissy um und fragte erstaunt: »Wie kommst du denn jetzt darauf?«

»Na die merkwürdige Tussi, die da vor Gericht steht, hat doch nach ein paar Monaten ihre Verteidiger ausgetauscht.«
»Stimmt. Hab ich mitbekommen. Wenn du mich fragst, die Alte gehört eingeschläfert. Bah!«
Sissy schüttelte entrüstet den Kopf, grinste jedoch dabei.
»Weißt du auch noch, wie die Anwälte hießen? Es waren drei ...«
Jetzt war es ihre Freundin, die den Kopf schüttelte.
»Nö ... kann mich nicht erinnern ...«
»Heer, Stahl und Sturm.«
Annas anschließende, ruckartige Bewegung führte dazu, dass sie vom aufblasbaren Beckenrand rutschte. Und obwohl die Wassertiefe gerade einmal vierzig Zentimeter betrug, hatte sie Mühe, nicht unterzutauchen.
Wütend richtete sich wieder auf und strich sich prustend die nassen Haare aus dem Gesicht.
»Wie bitte? Hat sich die dumme Nuss die etwa selbst ausgesucht? Der gehört mal ordentlich eine auf's Maul.«
Obwohl das Thema eigentlich zu ernst war, musste Sissy lachen.
»Ach Schätzle, du bist einfach zu goldig, wenn du dich aufregst! Aber über deine Wortwahl müssten wir nochmal sprechen.«
»Danke gleichfalls!«, erwiderte Anna und brachte sich wieder in die vorherige Liegeposition. »Weißt ja, wenn ich tagelang nur mit Höflichkeitsgedöhns und wir-haben-uns-alle-ach-so-lieb-trallala konfrontiert war, möchte ich auch gern einfach mal so reden, wie mir der Schnabel

gewachsen ist. Und bei dir kann ich das, Gott sei dank!«
»Ja, das können wir beide hier. Das ist quasi ein geschützter Raum. Ein sogenanntes »save house« ...«
Anna wechselte das Thema.
»Apropos Schnabel ... was machen eigentlich deine Papageien?«
Sie spielte auf die Gelbkopfamazonen an, die seit vielen Jahren ein wildes, lautstarkes und freies Leben in Bad Cannstatt genossen.
»Die sitzen auf ihren Platanen vor dem Haus, haben das Schreien eingestellt und träumen wahrscheinlich von ihrem Ursprungsland.«
»Na die Temperaturen sind ja zur Zeit durchaus tropisch. Da müssten die kleinen Kreischerle sich doch eigentlich pudelwohl fühlen.«
Sissy stöhnte.
»Da hast du ein wahres Wort gelassen ausgesprochen. Ich hab diese Mörderhitze so satt.«
»Im Moment geht es aber, oder?«
Anna plätscherte demonstrativ mit den Händen im Wasser und räkelte sich.
Dann nahm sie einen weiteren, kräftigen Schluck aus ihrem Glas.
»Und deine Männer? Was treiben die so?«
Sissy, die sich anschickte, den Pool zu verlassen, hielt mitten in der Ausstiegsbewegung inne.
»Meine Männer? Treiben?«
Um ein Haar wäre sie, auf dem mittlerweile glitschig gewordenen Plastikboden, ausgerutscht.

»Na jetzt tu mal nicht so! Eric ..., Heiko ..., und wie hieß nochmal der andere? Der, den du anno dazumal bei unserem Lieblingsitaliener kennengelernt hast, und mit dem du seit Jahren lediglich per Email kommunizierst, obwohl ihr beide in derselben Stadt wohnt? Andreas? War der nicht Autohändler oder etwas ähnlich Schlimmes?«

Sissy sprang, für ihre nicht gerade gazellenhafte Figur erstaunlich behände, aus dem kühlen Nass.

»Mein aktueller Beziehungsstatus, liebste noch-Freundin ... ist Single. Und der wird weder in irgendeinem komischen, »sozialen«, oder sollte ich sagen »asozialen« Netzwerk gepostet, noch wird er sich in absehbarer Zeit ändern.«

Während ihrer Ansprache hatte sie sich in den Strandkorb gepflanzt, der am Kopfende ihres großzügigen Balkons stand.

»Aber da wird doch wohl in den letzten zwei Wochen, in denen wir uns nicht gesehen und kaum gesprochen haben, etwas passiert sein, das du deiner bis-in-alle-Ewigkeit-Freundin erzählen möchtest ... oder?«

Sissy rümpfte die Stupsnase.

»Neugieriges Aas. Nein, es ist nichts passiert. Erstens: mit Eric wird nie etwas passieren, weil er mein Arbeitskollege ist ...«

Sissy überging das süffisante »So so ...« ihrer Freundin einfach.

»... zweitens: mit Heiko wird nie wieder etwas passieren, weil ich mir das geschworen habe ...«

»Ja ja ...«, lautete der zweite freche Einwurf von gegenüber.

»... und Drittens: ich weiß, dass die Geschichte mit Andreas niemand versteht. Ich verstehe sie ja selbst nicht so richtig. Aber man muss im Leben auch nicht immer alles voll und ganz durchschauen. Wenn man das, wie ich es auch jahrelang praktiziert habe, versucht, wird man irgendwann verrückt oder frustriert. Es gibt schlichtweg rätselhafte Ereignisse, denen man niemals wird auf den Grund gehen können. Man sollte das einfach akzeptieren. Das hat etwas mit loslassen können zu tun. Außerdem macht gerade diese Tatsache das Leben ja auch spannend. Wir können sowieso viel weniger Einfluss auf Manches nehmen und Einiges deutlich weniger kontrollieren, als wir uns selber vorgaukeln, beziehungsweise als es uns von außen oft suggeriert wird.«

Kaum hatte Sissy ihre kleine Ansprache beendet, hielt sich Anna erneut ihr unsichtbares Mikrofon vor den Mund und machte ein feierliches Gesicht.

»Sehr verehrte Damen und Herren. Sie hörten einen Vortrag zum Thema: Großartige Ausreden bindungsunwilliger Kriminalhauptkommissarinnen im Rahmen des Psychologie-Heute-Seminars, Teil zwei. Es sprach Dr. Alissa Ulmer, von der Balkon-Akademie Stuttgart Bad Cannstatt ... Hey! Nein, nicht! Auuufhööören!«

Sissy schaufelte spritzend, mit ihrem rechten Fuß, Wasser aus dem Becken in Richtung ihrer Freundin, die lachend und vergeblich versuchte, sich mit nach vorne gestreckten Handflächen zu schützen.

Wieder ernst und abgetrocknet, sagte sie: »Na ja, wir kennen das doch beide ... diese Berufe und die dazugehörigen Arbeitszeiten sind schließlich nicht gerade beziehungsfreundlich. Und davon mal abgesehen, leben wir auch deshalb alleine, weil wir es können ... und zwar ziemlich gut. Das trifft nicht auf sehr viele Menschen zu. Außerdem sind alleine leben und einsam sein zwei paar Stiefel. Man kann in einer großen Runde am Tisch sitzen, oder mitten in einer riesigen Menschenmenge stehen und sich trotzdem völlig verloren fühlen.«

»Ja, genau. Und ich kenne auch genügend Beispiele von Leuten, die trotz Partner einsam sind, weil der entweder nie da ist, oder sie nicht wirklich versteht.«

Anna schüttelte sich und angelte dann ein weiteres Mal nach ihrem Glas.

»Dann lieber zehn Jahre nichts zu Weihnachten. Prost!« Sissy lachte leise.

»Prost, Schnecke, auf uns! Schön, dass es dich gibt. Sollen wir noch ein bisschen schwimmen? Mir ist schon wieder zu warm.«

»Aber immer doch. By the way ... gibt es in diesem Becken Haie?«

Sissy sprang mit einem Satz ins Wasser.

»Jaaa ... ich bin der Hai ... und ich fress dich jetzt! Nach einigen Minuten Wasserschlacht, wurde irgendwo gegenüber ruppig ein Fenster aufgerissen und eine Stimme brüllte: »Herrgottsakrament! Hört des Gegiggel jetzt endlich amole auf? Andere Leut müsset schaffa ond wollet nachts ihr Ruh.«

Eine halbe Stunde später, während schätzungsweise fünfunddreißig Papageien auf der anderen Seite des Hauses hoch oben in den Baumwipfeln, mit unter die Flügel gesteckten Köpfen, längst von ihrer alten Heimat träumten, wälzten sich zwei erschöpfte Hobby-Philosophinnen, in der Cannstatter Nacht-Hitze, von einer Seite zur anderen, langsam in den Schlaf.

- 10 -

Renata von Neustätten war pünktlich erschienen.
Zwar konnte man ihr die Trinkfreude der vorherigen Nacht immer noch deutlich ansehen, aber sie schien nüchtern zu sein. Mal abgesehen von dem Restalkohol, den sie vermutlich nicht zu knapp im Blut hat, dachte Sissy.
Irgendwie wirkte die Ex-Ehefrau des toten Richters verloren in dem schwarzledernen Bürostuhl, der vor den beiden Schreibtischen stand. Es war fünf nach neun. Die heißen Sonnenstrahlen versuchten schon wieder, sich durch die Lamellen des heruntergelassenen Rollos zu drängeln. Dabei zeichneten sie ein Zebra-artiges Muster in den Raum, durch das Staubflusen tanzten.
»Frau von Neustätten ...«, begann Eric das Gespräch.
Weder ihm noch Sissy entging dabei das kurze Zusammenzucken der »adeligen Schnapsdrossel«, wie Eric sie getauft hatte.
»... es war gestern Abend leider ziemlich schwierig, mit Ihnen zu sprechen ...« Er ließ den Satz in der Luft hängen, und die Angesprochene nutzte ihre Chance.

»Ja, ich weiß. Entschuldigen Sie bitte. Ich war etwas derangiert ...«

Eine leichte Röte überzog für einen kurzen Moment ihr Gesicht.

»Schon gut. Heute geht es ja besser«, sagte Eric und seine Stimme hatte dabei einen väterlichen Unterton.

»Was wir zunächst gerne von Ihnen wissen würden ist, warum wir Heiko Eiter, Ähäm, ich meine Eitler in Ihrer Wohnung angetroffen haben.«

Sissy hatte alle Mühe, nicht laut loszulachen. Renata von Neustätten hatte den, vermutlich absichtlichen, Lapsus nicht bemerkt.

»Er arbeitet für mich«, war die einsilbige Antwort aus dem Lederstuhl.

»Aha«, ergriff Sissy nun das Wort. »Das hatten wir uns schon fast gedacht.

Aber wir müssten es schon ein bisschen genauer wissen. Wie lautete der Auftrag, den Sie ihm erteilt hatten?«

Die Aufteilung guter Polizist, böser Polizist, wäre spätestens jetzt, durch Sissys ironisch-scharfen Tonfall, jedem Unbeteiligten aufgefallen. Doch die Angesprochene schien dies nicht zu registrieren. Sie hatte den Kopf gesenkt und blickte auf ihre Hände, die in ihrem Schoß lagen und sich gegenseitig massierten.

»Es ist ..., es war wegen Reiner ... also, es ging dabei um meinen Ex- Mann ...«

Sie brach ab, den Kopf noch immer gesenkt, und atmete einmal tief durch.

Anstalten weiter zu sprechen machte sie danach jedoch

nicht.

Eric legte bereits die Ohren an, denn er wusste, dass Sissy aufgrund der Hitze, wieder einmal schlecht geschlafen hatte. Ganz davon abgesehen, dass man sie generell nicht als die personifizierte Geduld auf zwei Beinen bezeichnen konnte.

Sissys Stirn legte sich in Falten, ihr Ton nahm noch an Schärfe zu und ihre Worte wurden begleitet von einem ungeduldigen Trommeln ihrer Fingerkuppen auf der Tischplatte.

»Frau von Neustätten! Das wissen wir bereits. Wir haben einen brutalen Mord aufzuklären. Der Täter läuft frei herum, und wir haben wenig bis gar keine Zeit. Wenn Sie also die Güte hätten, sich nicht jedes Wort aus der Nase ziehen zu lassen. Was genau sollte Heiko Eitler herausfinden?«

Da Sissy das Trommeln eingestellt hatte und sogar die Handmassage plötzlich aufhörte, war es nun mucksmäuschenstill im Raum. Abgesehen von den Staubpartikeln bewegte sich für wenige Sekunden nichts. Dann, langsam, wie in Zeitlupe, hob Renata von Neustätten ihren Kopf. Sie blickte zu Sissy und ihre zuvor von der durch-zechten Nacht noch kleinen, geröteten Augen weiteten sich auf Kullergrösse.

»Ja aber, ich ... was ... hat das alles denn mit ... mit mir ... zu tun?«, stammelte sie leise.

Der »bad cop«, in Gestalt von Sissy, blieb unbeeindruckt.

»Muss ich Ihnen das wirklich erklären? Sie waren mit dem Toten über zwanzig Jahre verheiratet. Und wie Sie uns gestern ziemlich eindrucksvoll vermittelt haben, waren Sie mit ihm, nach der Scheidung, alles andere als freundschaftlich verbunden. Darüber hinaus hatten Sie einen Detektiv auf ihn angesetzt. Und jetzt wüssten wir gerne endlich, aus welchem Grund.«

Beim letzten Wort hatte Sissy mit der flachen Hand auf die Tischplatte geschlagen. Aus dem Augenwinkel konnte sie Erics beschwichtigende Geste zwar sehen, aber sie achtete nicht weiter darauf. Das gehörte zum Spiel, und Sissy setzte zum Finale ihrer Darstellung an. Sie stützte sich auf der Schreibtischplatte ab, beugte sich angriffslustig nach vorne und fixierte mit eiskaltem Blick das bereits sichtlich angeschlagene Opfer auf dem Lederstuhl. Ihr: »Auf geht's. Raus damit!«, peitschte wie ein Schuss durch den Raum.

Renata von Neustätten war schon zu Beginn der Befragung einigermaßen blass gewesen, doch nun erinnerte ihre Gesichtsfarbe an die Kreidefelsen vor Rügen. Sie antwortete nicht, sondern japste nur hilflos nach Luft.

Jetzt schlug die Stunde des »good cop«.

So sanft, als wäre er in Pelz und würde mit den sieben Geißlein sprechen, sagte er: »Gräfin ... sehen Sie ... Sie sind eine wichtige Zeugin. Wir sind wirklich auf Ihre Hilfe angewiesen. Und auch wenn Sie, verständlicher Weise, kein besonders gutes Verhältnis zu Ihrem Ex-Ehemann hatten, so ist Ihnen doch sicher auch daran gelegen, dass wir den Täter so schnell wie möglich fassen, nicht wahr? Also erzählen Sie uns bitte alles, was Sie wissen. Lassen Sie sich Zeit. Jedes noch so kleine

Detail kann wichtig sein.«
Die Verwandlung, die Renata von Neustätten nun innerhalb weniger Sekunden durchlief, war bemerkenswert. Ihr Oberkörper richtete sich langsam auf und die Hände lagen ruhig und übereinander auf ihrem Schoß.
Ihre Wangen nahmen eine fast normale Farbe, und ihre Augen eine fast normale Größe, an. Ein schüchternes Lächeln umspielte ihren Mund.
»Ja natürlich, Herr Kommissar. Ich helfe selbstverständlich gerne, wenn ich kann. Und wenn ich ...«, abrupt wandte sie sich Sissy zu »... anständig behandelt werde und man in einem angemessenen Ton mit mir spricht.«
Bei ihren letzten Worten war die Freundlichkeit blitzschnell aus ihrem Gesicht verschwunden und ihr Tonfall erinnerte an das Fauchen einer Katze. Sissy, an die dieser Satz adressiert gewesen war, blieb äußerlich ungerührt. Innerlich rieb sie sich jedoch die Hände. Sieh an, sieh an! Die Nummer klappt doch immer wieder. So, kleine, adelige Schnapsdrossel ...
dann fang mal an zu singen, dachte sie, und lehnte sich dabei zufrieden zurück, um den Rest dem bösen Wolf im Schaffell zu überlassen.

- 11 -

Die Sitzung zog sich wie Kaugummi.
Es war Samstag Nachmittag, das Thermometer war mittlerweile auf einundvierzig Grad geklettert und ganz Stuttgart lag unter einer Wüstenähnlichen Dunstglocke aus Hitze und Smog. Und das, obwohl sich so gut wie keine Autos auf der Straße befanden.
Der Chatroom war zwar wie das gesamte Präsidium klimatisiert, jedoch war davon nicht allzu viel zu merken. Sissy hatte sich schon den ganzen Sommer über immer wieder beschwert, aber genutzt hatte es nichts.
Elli Kächele hatte beim Hausmeister in Erfahrung gebracht, dass die Äährkondidschn, wie sie es gerne aussprach, »bei der Hitz oifach ned so schaffa koh, wie se sott.«
Und bedauernd hatte sie, Sissys Wange tätschelnd, hinzugefügt: »'S dud mer Leid, Schätzle. Bald wird's Herbschd, no goht's wiedr.«
Sissy hatte sich in diesem Moment im Stillen gefragt, wozu man eine Klimaanlage brauchte, wenn die dann, wenn sie benötigt wurde, nicht funktionierte. Von wegen

deutsche Ingenieurs-Kunst ..., dachte sie just, grimmig vor sich hin schwitzend, als Dr. Staudt anfing alles, was sie zuvor besprochen hatten, nochmals zusammenzufassen.

»Also, Herrschaften. Was haben wir? Einen toten, Kokain konsumierenden Richter, der zunächst, wie wir mittlerweile durch die Obduktion wissen, mit k.o.-Tropfen betäubt, dann an seinen Arbeitsplatz verbracht und anschließend nahezu vollständig enthauptet wurde. Einzige Verdächtige zu diesem Zeitpunkt: die Ex-Ehefrau, die, laut eigener Aussage, durch das Opfer, in allen wichtigen Bereichen des Lebens, ruiniert wurde und bis heute ist und die mit einigem Aufwand, unter Zuhilfenahme eines Privatdetektivs, daran arbeitete, es ihrem Ex-Göttergatten heimzuzahlen. Darüber hinaus gibt es eine serbische Reinigungskraft, die den Toten aufgefunden hat, offensichtlich mehr weiß, als sie zu sagen bereit ist und eine Vielzahl offener, unbeantworteter Fragen, was unter anderem daran liegt, dass ein privates Umfeld des Ermordeten so gut wie nicht, bzw. nicht mehr existent zu sein scheint. Und was die Ermittlungen im beruflichen Bereich des Opfers anbelangt: Ebenfalls äußerst unergiebig! Wochenende, hochsommerlich-hitzebedingte Abwesenheit nahezu aller, für uns eventuell wichtigen, wertvollen Zeugen und deren mangelhafte bis nicht vorhandene Erreichbarkeit.«

Das anschließende, gedämpfte Gemurmel im Raum, war gleichermaßen Ausdruck der allgemeinen Zustimmung, wie auch der Frustration aller Anwesenden, angesichts dieser mageren Zwischenbilanz.

Der »Chef«, der trotz der tropischen Temperaturen, wie immer, Anzug und Krawatte trug, dabei allerdings wirkte, als hätte man ihm kühlende Akkus in den feinen Zwirn genäht, blickte in die matten, ratlosen Gesichter seiner Mordkommission.

Plötzlich änderte sich sein sachlicher, leicht dozierende Unterton und wurde ersetzt durch eine Stimmlage, die Sissy an einen dieser sonderbaren Motivations-Trainer denken ließ, die neuerdings wie Pilze aus dem Boden schossen und die vor allen Dingen von großen Konzernen gebucht wurden, um ihren Mitarbeitern die Sinne zu vernebeln, damit diese nicht merkten, dass ihre Unzufriedenheit im Job unter Umständen nichts mit ihnen selbst zu tun hatte.

»Ja, das ist etwas dünn. Und auch nicht sonderlich zufriedenstellend bis dahin. Vor allem wenn ich daran denke, was die Presse daraus machen wird ... aber, Herrschaften, die Dinge sind, wie sie sind. Lassen Sie uns nach vorne blicken. Wie gehen wir weiter vor?«

Hätte an dieser Stelle jemand der am Tisch sitzenden versucht zu antworten, es wäre ihm nicht gelungen, denn Dr. Staudt sprach bereits weiter.

»Ich schlage erstens vor, dass die Kollegen der Spurensicherung sich weiterhin bemühen, genaueres über die Tatwaffe herauszufinden ... Herkunft des Säbels, wo man so etwas käuflich erwerben kann ecetera pp.«

Die angesprochenen Sabrina Schönleber und ihr Kollege Harald Stark nickten schwach, während ihr, wie

meistens schlecht gelaunter, Vorgesetzter Wolfgang Faul etwas vor sich hin brummte, das klang wie:
»Ha freilich ... am Wochenend wird mer do au so dermaße viel Neues ...«
»Haben Sie einen konstruktiven Beitrag zu leisten, Kollege Faul?«, unterbrach Dr. Staudt jäh seinen halblauten Protest, ließ ihn jedoch im rhetorischen Regen stehen und fuhr unmittelbar fort: »Nein? Na dann ist es ja gut.« Wolfgang Fauls Gesicht sprach Bände, aber niemand achtete wirklich darauf.
»Außerdem versuchen Sie bitte im LAG herauszufinden, auf welchem Wege man den betäubten Richter in den Sitzungssaal geschafft haben könnte. Lassen Sie sich vom Hausmeister aufschließen und die Örtlichkeiten zeigen. Der ist ja glücklicherweise greifbar.«
Erneutes, gemeinschaftliches Nicken des Spusi-Teams. Dieses Mal war sogar bei Wolfgang Faul eine leichte Kopfbewegung zu erkennen.
»Herr Dr. Hämmerle wird morgen die Obduktion abschließen ...«
Der Gerichtsmediziner nickte ebenfalls. »... die Kollegen Schwämmle und Schober versuchen bitte weiterhin, die Haushälterin von Reiner Sünderle ausfindig zu machen. Herr Diesner ...«
Kai Diesners aufmerksame Haltung intensivierte sich noch ein wenig mehr.
»... Sie klemmen sich bitte wieder ans Telefon und versuchen, die Kollegen des Opfers zu erreichen, und last but not least, Fräu ... Frau Ulmer, Herr Jahn ...«

Da hat er jetzt aber gerade nochmal die Kurve gekriegt, dachte Sissy.

Allerdings verging ihr kurzer gute-Laune-Anflug recht schnell.

»... Sie kümmern sich um den Herrn, der uns immer wieder ins Handwerk zu pfuschen versucht. Darin haben sie schließlich Übung.«

Neeeeeeeiiiiiiiin, brüllte eine Stimme laut in Sissys inneres Ohr. Das kann doch wohl nicht wahr sein. Mit vor Schreck geweiteten Augen sah sie den neben sich sitzenden Eric an. Dunkle Gewitterwolken standen auf seiner Stirn, doch eine Sekunde später hellte sich seine Mine merklich auf.

Sissy traute ihren Ohren nicht, als sie ihn fröhlich sagen hörte: »Natürlich, Herr Dr. Staudt. Wird erledigt.«

»Schön, schön. Immerhin hat der Herr Privatdetektiv das Opfer über Wochen beschattet. Vielleicht ist er ja ausnahmsweise mal zu irgendetwas zu gebrauchen.« Das »im Gegensatz zu sonst« sprach Dr. Staudt zwar nicht laut aus, es war allerdings deutlich an seinem Blick abzulesen.

Er klatschte kurz und trocken in die Hände.

»Soweit für jetzt, Herrschaften. An die Arbeit. Wir sehen uns alle wieder hier, an Ort und Stelle, Montag Morgen, neun Uhr«. Und Sissy seinen strengen Krokodils-Blick zuwerfend, fügte er hinzu: »Pünktlich!«

Mann-o-Meter, nur weil ich ein, zwei Mal zu spät gekommen bin. Der hat ja ein fast noch schlimmeres Elefanten-Gedächtnis als ich, dachte sie beleidigt ihrem

Vorgesetzten hinterher, der bereits aus dem Zimmer verschwunden war.

Was sie allerdings viel mehr beschäftigte war die Frage, warum Eric so begeistert davon war, Heiko Eitler zu befragen. Sie bekam die Antwort, ohne zu fragen. Als sie neben ihrem Kollegen in Richtung des gemeinsamen Büros unterwegs war, zückte er sein Mobiltelefon und wischte grinsend über das Display.

Dann hielt er, immer noch lächelnd, das flache Gerät an sein Ohr, während er die Tür öffnete, Sissy an sich vorbei gehen ließ und anschließend beschwingt auf seinen Schreibtischstuhl fiel.

Sissy setzte sich auf ihren Platz gegenüber, stellte die Ellbogen auf die Tischplatte und legte, leicht schräg, den Kopf auf die gefalteten Hände.

»Esch? Grüß dich, Jahn hier. Ich wollte mal hören, was bei der Fahrzeugkontrolle gestern raus gekommen ist ... wie viel Promille hatte das Sackgesicht denn?«

Jetzt machte es klick in Sissys überhitzter Gehirnrinde. Ach deshalb ist der Kleine so gut drauf. Und darum freut er sich so auf Heikos Befragung. Das wird ein Fest für den »good cop«, der über den »bad detective« triumphiert ... ich höre schon die ostfriesischen Fanfarenklänge. Und ich muss dann wieder dazwischen gehen, wenn die Zwei sich an die Gurgel wollen. Mir bleibt auch nichts erspart ...

Während Sissy bereits versuchte, sich innerlich auf die bevorstehende Konfrontation zwischen Eric und Heiko Eitler vorzubereiten, bemerkte sie, wie ihrem Gegenüber

langsam, aber stetig, die hocherfreuten Gesichtszüge entglitten.
»Wie bitte? Was ist los? Das kann überhaupt nicht sein. 0,0? Ist euer sch... Gerät kaputt?«
Für einen Moment lauschte er zornig seinem unsichtbaren Gesprächspartner.
»Das kann nicht sein, verdammt nochmal ... ich war dabei, als er sich ein volles Glas Whiskey hinter die Binde gekippt hat. Und das war wahrscheinlich auch nicht sein Erstes. War das überhaupt das richtige Fahrzeug, dass ihr da ... ja, verflucht! Ich weiß, dass du den Eiter kennst. Trotzdem ... ich versteh das nicht. Verflixt und zugenäht!«
Jetzt lag ein Ausdruck verwunderter Verzweiflung auf dem schönen, scharf geschnittenen Gesicht. Wieder lauschte Eric in's Telefon.
Sissy hing unterdessen ihren Gedanken nach.
Ich weiß nicht, was das ist mit den beiden. Klar, Heiko mischt sich immer wieder in unsere Arbeit ein und bewegt sich dabei oft in einem nicht ganz legalen Rahmen. Und besonders sympathisch ist er mir auch nicht ... ein kleines, böses Teufelchen unterbrach ihr inneres Sinnieren: »Deshalb hat er dich auch schon zwei Mal in's Bettchen gezaubert, gell? Du schwaches, inkonsequentes ...«
Ein lautes »Pscht« rutschte über Sissys Lippen, doch Eric bemerkte es nicht einmal. Eigentlich ist er doch immer der Coole von uns beiden, aber wenn es um Heiko geht ... vielleicht ist da ja doch ein Hauch Eifersucht im Spiel ...
»Was hat der gesagt?«, brüllte der im Moment überhaupt

nicht coole Eric in sein Smartphone. »Ich glaub, ich spinne!«

Sissy begann sich langsam ernsthafte Sorgen um den Blutdruck ihres Kollegen zu machen. Sein Kopf wies mittlerweile eine ungesund wirkende Röte auf.

»Ich schreie dich überhaupt nicht an!«, schrie er in diesem Moment.

Sissy hob beschwichtigend die Arme, doch Erics Gesprächspartner, Polizeiobermeister Esch, hatte offensichtlich bereits aufgelegt.

Begleitet von einem gebellten »Das gibt's doch gar nicht!«, schleuderte Eric das unschuldige telefonier-Utensil auf den Schreibtisch.

»Jetzt beruhige dich doch mal. Bitte! Was ist denn los? Komm, ich mach uns einen leckeren Espresso. Okay?«

Sissy stand auf und ging zur Kaffemaschine.

Eric schnaubte laut. Sissy hatte ihm den Rücken zugedreht. Trotzdem konnte sie seine Wut förmlich spüren.

»Was passiert ist?«

Er schubste sich mit seinem rollenden Stuhl von der Schreibtischplatte ab und drehte sich in ihre Richtung. Eine Weile war nichts zu hören außer dem, für Sissys empfindsame Öhrchen viel zu lauten, Mahlgeräusch der Maschine.

Als der Espresso in die Tassen blubberte, sagte Eric, jetzt in einem resignierten Tonfall: »Ich verstehe es einfach nicht. Wie kann es sein, dass der Idiot 0,0 Promille bläst ...? Du hast doch auch gesehen, wie er getrunken hat.« Sissy legte den Kopf auf die Seite und nickte.

»Ja, stimmt. Hab ich.«
»Siehst du?« Und erneut wurde er lauter.
»Aber die Herrschaften von der Streife sind scheinbar nicht in der Lage, den Blasebalg richtig zu bedienen. Oder das Gerät war defekt. Was aber wirklich die absolute Höhe ist ... dieser arrogante Schnüffler hat auch noch die Frechheit besessen, den Kollegen schöne Grüße an mich auszurichten. Sie möchten mir bitte mitteilen, dass, wenn ich nicht in der Lage dazu wäre, meine persönlichen Animositäten aus dem Job raus zuhalten, ich vielleicht über einen Berufswechsel nachdenken sollte.«
Jetzt schrie er wieder.
»Der hat sie doch nicht mehr alle! Dem zeig ich's!«
Er griff zum Festnetztelefon auf dem Schreibtisch und nahm den Hörer in die Hand.
»Ich ruf jetzt seine seltsame Sekretärin an, diese Mischka, Maschka oder wie die auch immer heißen mag und sag ihr, dass wir saspo vorbeikommen. Und wehe die schleimige Kröte ist dann nicht da ... He! Was machst du denn?«
Sissy war, mittels eines nicht sehr eleganten Hechtsprunges, neben ihren Kollegen gehopst und hatte ihm unsanft den Hörer entrissen.
»Was ich da mache? Ich bewahre dich vor einer riesigen Dummheit. So wie du drauf bist, wirst du erst einmal nirgendwo anrufen. Und du wirst auch nirgends hinfahren ... schon gar nicht zu Heiko, Punkt, Absatz, Ausrufezeichen!«
Eric sah jetzt weniger wütend, dafür aber umso verblüffter

aus.
»Was hast du denn für Schmerzen?«
»Das kann ich dir sagen ... Bauch!«
Jetzt hatte Eric zwei riesengroße Fragezeichen in den altölbraunen Augen.
»Wie ... Bauch? Ich verstehe nur Bahnhof.«
Sissy hätte ihn am liebsten in die Arme genommen und geknuddelt, so niedlich fand sie ihn in diesem Moment, aber sie riss sich zusammen und blieb ernst.
»Ich habe Bauchschmerzen bei dem Gedanken daran, dass ihr beide euch begegnet. Die habe ich zwar immer, wenn das passiert, aber jetzt sind sie besonders stark. Ich werde dir auch sagen, warum. Du bist auf hundertachtzig und Heiko wird es garantiert in seiner unnachahmlichen Art schaffen, diesen Zustand deinerseits noch zu steigern. Ich habe keine Lust, Zeugin einer Schlägerei zu werden. Und ich habe noch viel weniger Lust darauf, dass die Eskalation zu einer Dienstaufsichtsbeschwerde führt, du dich rechtfertigen musst und wir beide uns, für den Rest unseres Berufslebens, Heikos triumphierendes Grinsen anschauen und seine arroganten Kommentare anhören dürfen.«
Für ein paar Sekunden war es still.
Sissy saß halb auf der Schreibtischplatte, Eric vor ihr auf seinem Stuhl, so dass er zu ihr aufschauen musste.
Das Spiel »Wer schaut als erster wieder weg?« gewann Sissy. Allerdings nicht freiwillig. Sie war schlicht nicht in der Lage dazu, ihren Blick zu lösen, ja war geradezu versunken in die Augen ihres Kontrahenten.

Als Eric sich abwandte, resigniert mit den Achseln zuckte und anfing, seine Aufmerksamkeit einem Kugelschreiber zu widmen, den er durch seine Finger gleiten ließ, wäre ihr um ein Haar ein Seufzer der Erleichterung entfleucht. Aber sie konnte sich gerade noch beherrschen.
Puh, Schwein gehabt. Was war das denn? Ich werde mich doch wohl nicht ...
»Ich glaube, du hast recht. Ich weiß tatsächlich nicht, ob ich mich momentan zusammenreißen kann, wenn ich seine Visage nochmal sehen muss. Aber wir müssen mit ihm sprechen. Das ist nicht nur eine dienstliche Anweisung vom Chef, sondern bringt uns vielleicht, tatsächlich auch noch weiter.«
Als Sissy sich selbst sagen hörte: »Schon gut. Kein Thema. Ich mach das allein«, wäre sie um ein Haar von der Schreibtischkante gefallen.

- 12 -

Ich fasse es nicht, schimpfte Sissy gedanklich mit sich. Selbst wenn die beiden aufeinander losgegangen wären ... verbal, oder sogar mit Fäusten ... alles wäre besser gewesen, als mich diesem schnüffelnden Schmalspur-Casanova jetzt alleine zum Fraß vorzuwerfen.
Sie war auf dem Weg in die Tübinger Straße, wo der Privatdetektiv sein Büro hatte. Es war mittlerweile fast acht Uhr abends. Trotzdem fühlte sich die Stuttgarter City an wie das Innere eines Backofens.
Und natürlich muss heute ausgerechnet Samstag sein, hing Sissy weiter ihren düsteren Gedanken nach. Das bedeutet, seine Sekretärin ist nicht da und wir sind ... was hat er vorhin am Telefon gesagt? »... unter uns ... völlig ungestört!« Na warte Freundchen, den Zahn werde ich dir ziehen! Wenigstens gibt es in seinem Büro eine funktionierende Klimaanlage, versuchte sie sich zu trösten.
So richtig gelingen wollte ihr das allerdings nicht. Sie spürte wieder dieses sonderbare Ziehen im Unterleib, das sie an die beiden intimen Ausrutscher erinnerte, die ihr in den letzten Jahren mit Heiko Eitler passiert waren.

Heute nicht, schwor sie sich grimmig, als sie energisch die Klingel drückte.

»Verdammt nochmal! Du dumme Nuss ... das ist einfach ohne Worte!«
Der Taxifahrer, in dessen Fond Sissy, fluchend wie ein Rohrspatz, im Sitz lümmelte, blickte besorgt in den Rückspiegel und wechselte anschließend die Spur, um auf die B14, in Richtung Bad Cannstatt aufzufahren. Es war fast halb fünf und die Dämmerung des neuen Tages, ließ sich bereits erahnen.
»Das gibt es doch gar nicht! Wie kann man nur so blöd sein?«, pöbelte Sissy weiter vor sich hin, als das Taxi gerade das Hotel Le Meridien passierte.
»Ha Mädle ... was isch denn los mid Ihne? Was däd's denn au so zom schempfa gäba?«, kam es nun vom Fahrersitz.
Für einen kurzen Moment war Sissy abgelenkt.
»Sie sind Schwabe?«, fragte sie erstaunt zurück, statt die gestellte Frage zu beantworten.
»Jawoll ... oiner von de ledschde Fünf in Schduagard. Des wär au älleweil amohle en Grund, richdig zom bruddla.«
Im Allgemeinen kamen Stuttgarter Taxifahrer beinahe überall her. Zum Beispiel aus Indien, Pakistan, Bosnien oder der Türkei. Nur waren sie eben so gut wie nie »schwäbische Originale«.
Sissy, die nicht die geringste Lust verspürte, über den multikulturellen Mix der Stuttgarter Taxifahrer-Szene zu debattieren, gab lediglich ein undeutliches »Mmhm«

von sich und schwieg dann, für die restlichen zehn Minuten der Fahrt, bis zu ihrer Wohnung. Der Job ist halt auch kein Zuckerschlecken, so wie sich das wahrscheinlich viele vorstellen, dachte sie noch, da hielt der Fahrer auch schon an.

»Machen Sie sechzehn ...«

Sie reichte ihm einen zwanzig Euroschein nach vorne.

»Dange, Mädle. Ond nemme soviel ärgra, gell?! Des gibd bloß ohnedig Falde ...«

Mit diesem spontanen, väterlichen Beauty-Tip der Marke »Schwabenschläue«, entließ er Sissy auf die Straße. Als das Taxi weggefahren war, legte sie den Kopf in den Nacken.

Die Platanen vor ihrem Haus waren über und über voll mit schlafenden Papageien, die im aufziehenden Tageslicht, trotz der Höhe in der sie auf den Ästen saßen, deutlich zu erkennen waren.

Ihr habt es gut, dachte sie. Ihr schlummert selig vor euch hin, schreit euch nachher gegenseitig wach und dreht später fröhlich eure Runden über Stuttgart. Einmal im Rosensteinpark vorbeifliegen, ein kurzer Abstecher ins Bad Berg und hier und da was futtern. Danach das ein oder andere Auto vollscheißen, herumkrakehlen und dann zurück nach Cannstatt zum schlafen. Ihr seid euren Partnern ein Leben lang treu und habt keine Ahnung davon, wie es sich anfühlt, wieder einmal, von einem Mann, der einem weder besonders noch unbesonders sympathisch ist, in sedige Laken gequatscht worden zu sein ... ich bin so neidisch auf euch, Ihr kleinen, grünen

Gelb-Kopf-Teufelchen.
Und während sie die Eingangstür aufschloss, dachte sie weiter: Er hat es tatsächlich geschafft ... zum dritten Mal ... ich fasse es einfach nicht!

Nachdem Sissy ausgiebig geduscht hatte, tapste sie, müde und zerknirscht durch die geräumige Wohndiele, Richtung Küche und drückte abwesend den Startknopf ihrer kleinen, knallroten Kaffeemaschine. Sie hing sehr an dem uralten Gerät, dass sie schon fast ihr halbes Kaffeetrinker-Leben begleitete und das, von ihrem privaten Umfeld, regelmäßig belächelt oder verspottet wurde. Normalerweise freute sie sich über das Fauchen, und das Ausspucken kleiner Dampfwölkchen, der vermutlich hoffnungslos verkalkten Maschine, die sie aus diesem Grund »mein kleiner Roter Drache« zu nennen pflegte. Aber im Moment nahm sie es noch nicht einmal war.
Ihre Gedanken sprangen unaufhörlich hin und her zwischen den Informationen, die sie von Heiko Eitler erhalten hatte und dem, was danach passiert war. Geistesabwesend füllte sie ihre Tasse, schüttete Milch hinterher, klemmte sich ihr Laptop unter den Arm und machte sich auf den Weg zu ihrem Strandkorb. Ich muss sowieso ein Memo an die Kollegen verfassen. Das lenkt mich hoffentlich ein bisschen von der anderen Sache ab ... oh Mann ...!
Sissy schüttelte sich kurz, streckte den Oberkörper und klappte entschlossen den Computer auf.
Jetzt ist Schluss, Fräulein Ulmer, volle Konzentration,

dachte sie. Dann fing sie an, zu tippen.

»Guten Abend, Alissa. Nimm doch bitte Platz.«
Sissy war mehr als überrascht. Heiko Eitler wirkte aufgeräumt, ja sogar fast distanziert. Sein Adlerblick, der durch die leicht nach unten gebogene Nase noch unterstrichen wurde, ruhte ernst auf ihr. Von seinem üblichen, überbordenden Charme keine Spur.
Er hatte sich, als Sissy das Büro betreten hatte, nur wenige Zentimeter von seinem Schreibtischstuhl erhoben und gleich wieder gesetzt. Nun bedeutete er ihr, mittels einer sanften Kopfbewegung, es ihm gleich zu tun.
Sissy war irritiert von diesem ihr unbekannten Habitus des Detektivs, was dazu führte, dass es für einige Momente vollkommen still im Zimmer war und sie sich beide schweigend betrachteten.
»Puh ... wieder mal ganz schön heiß heute.«
Eine Sekunde nachdem Sissy den Satz gesagt hatte, bereute sie ihn auch schon.
Heiko Eitler zog leicht die linke Augenbraue nach oben und nickte kaum merklich.
»Aber hier drin ... ist es ja ... sehr ... sehr angenehm«, stotterte sie unbeholfen weiter.
Die Augenbraue ihres Gegenübers kletterte noch ein kleines Stückchen höher.
»Möchtest du jetzt gerne weiter mit mir über das Wetter plaudern? Oder sollen wir anfangen?«

Ergebnis der Befragung von Heiko Eitler, Privatdetektiv,

durch KHK Alissa Ulmer:
Zur Zeugin Renata von Neustätten:
Die Zeugin und das Opfer lernten sich während ihres Jura-Studiums kennen und heirateten, nachdem R. Sünderle promoviert hatte. Die Zeugin schloss ihr Studium ab, trat jedoch nie eine Anstellung an, da ihr Mann dies ablehnte. Ihre Aufgabe nach der Eheschließung war es, den Haushalt zu organisieren sowie, bei verschiedenen gesellschaftlichen Anlässen, zu repräsentieren. Darüber hinaus war sie im juristischen Bereich, rein privat gehalten, für ihren Ex-Mann tätig. Die Ehe verlief zunächst harmonisch, blieb jedoch kinderlos, worunter die Zeugin, zunehmend litt.
Wie Eitler ermitteln konnte, hatte R. Sünderle bereits in den neunziger Jahren eine Vasektomie (Durchtrennung der Samenleiter mit dem Ergebnis Zeugungsunfähigkeit) vornehmen lassen, wovon die Zeugin jedoch keine Kenntnis hatte. Eitler hat diese Information vor zwei Wochen an die Zeugin weitergegeben, woraufhin diese eine Art Nervenzusammenbruch hatte.
Laut Eitler beschrieb R. v. Neustätten den Verlauf der fast dreißig-Jährigen Ehe als »stetige Talfahrt«.
Das Opfer, zunächst ein charmanter, treuer und zuverlässiger Ehegatte, veränderte sich vor allem in den letzten fünf Jahren vor der Scheidung stark. Er schenkte seiner Ehefrau immer weniger Beachtung und wurde immer häufiger verbal ausfallend ihr gegenüber. Außerdem verschwand er ab und zu spurlos für ein oder zwei Nächte. Die Zeugin, die laut eigener Aussage, keinerlei Zugang

mehr zum Opfer fand, betäubte ihren Kummer mit Alkohol, was R. Sünderle letztendlich als Grund anführte, sich scheiden lassen zu wollen. Fast zeitgleich setzte er die Zeugin mit zwei gepackten Koffern vor die Tür. R. v. Neustätten befand sich damals in einem solch desolaten Zustand, dass sie keine Kraft gehabt hatte, sich zur Wehr zu setzen. Die Scheidung wurde abgewickelt und dank eines knallharten Ehevertrages und einiger anderer gewiefter Tricks ihres damaligen Gatten, blieb der Zeugin am Ende nichts.

Einige dieser Informationen waren uns durch die Befragung der Zeugin im Präsidium bereits bekannt. Nicht jedoch die bezüglich der Vasektomie des Richters sowie seines unerklärlichen, immer häufiger werdenden Untertauchens. Eitler hat während seiner Recherchen, nicht nur die medizinisch herbei geführte Zeugungsunfähigkeit des Richters in Erfahrung bringen können.

Da er das Opfer auch beschattete, fand er heraus, dass R. Sünderle regelmäßig Kokain konsumiert hat. Das wussten wir zwar durch die Obduktion bereits, jedoch waren uns weder die Häufigkeit, noch die Bezugsquelle diesbezüglich bekannt. Eine vollständig neue Information ist die folgende: Das Opfer hatte regen Kontakt zu einer Prostituierten, die auf den Bereich »Dominante Sex-Arbeit« spezialisiert ist. Darüber hinaus, fiel ihm, im Zuge dieser Überwachung auf, dass er nicht der einzige war, der den Richter beobachtete. Mehrfach geriet eine schwarze Limousine, Typ E-Klasse, mit abgedunkelten Scheiben in sein Blickfeld. Es war ihm jedoch nicht mög-

lich, den Halter des Fahrzeugs zu ermitteln. Einmal war der Fahrer ausgestiegen. Die Photos, die Eitler gemacht hat, habe ich beschlagnahmt.
Sie befinden sich ebenso im Anhang, wie alle von Eitler ermittelten Daten und Adressen.

KHK A. Ulmer
Senden ...

Erst als sie fertig getippt hatte, fiel Sissy auf, wie heiß es mittlerweile geworden war. Sie hatte den großen, dunkelgrünen Sonnenschirm bereits zuvor aufgespannt und es war erst halb neun. Aber die Sonne entwickelte schon jetzt eine enorme Kraft und frischte die Hitze, die in den letzten Wochen selbst über Nacht nie ganz gewichen war, wieder auf.
Sie nahm den Computer von ihrem Schoß und legte ihn im Strandkorb neben sich ab. Dann stellte sie die Füße ins Wasser ihres Plantschbeckens.
Sie trug ein kurzes Trägerkleid aus T-Shirt Stoff, das den Namen »Kleid« eigentlich nicht verdiente und trotzdem fühlte sie sich, als hätte sie einen Skianzug an. Der füßische Tauchgang brachte keinerlei Abkühlung. Das Wasser hatte dieselbe Temperatur wie die Umgebung. Ich muss das auswechseln, dachte sie müde und überhitzt. Und weiter: Bei Heiko im Schlafzimmer hat es angenehme achtzehn Grad ... ohjeh ... da war es wieder.

»Okay, Heiko. An der Stelle schon mal vielen Dank für

die Infos. Ich bräuchte jetzt aber bitte noch die Daten und Photos zu all dem ...«

Sissy hatte es irgendwann geschafft, sich zu fangen und war wieder in der Lage dazu, sich auf den Grund ihres Aufenthaltes in der Detektei zu konzentrieren. Sie genoss die Kühle des Büros und die Irritation über Eitlers distanziertes Verhalten ihr gegenüber, war einer gewissen Erleichterung gewichen. Sie hatte das sichere Gefühl, Herrin der Lage zu sein.

»Tja, dazu müssen wir kurz bei mir zuhause vorbei.«

Er hatte den Kopf in leichter Schieflage und ein bedauernder Ausdruck lag auf dem Adlergesicht.

»Hier ist vor zwei Wochen eingebrochen worden. Und solange die Sicherheits-Firma, die ich mit diversen Maßnahmen beauftragt habe, nicht beikommt, lagere ich wichtiges Material zuhause.«

Sissys Mund formte ein »O«.

»Ist etwas gestohlen worden?«, wollte sie wissen. Nun sah er zerknirscht aus.

»Allerdings! Am Schlimmsten ist der Verlust meines Computers. Ich habe zwar Sicherheitskopien von allen Dateien, aber die Brisanz der Daten ...«

Er ließ den Satz für einen Moment in der Luft hängen. Dann sprach er weiter, die Stirn in sorgenvolle Falten gelegt.

»Den Safe konnten sie nicht knacken, aber da waren sowieso nur Photos, Disketten und Sticks drin. Das war alles auch auf dem Computer. Ein blöder Fehler meinerseits, das Laptop hier so herumliegen zu lassen. Aber ich war der Ansicht, meine Sicherheitsvorkehrungen wären ausreichend gut.« Nach einer kurzen Pause fügte er noch zerknirscht hinzu: »So kann man sich täuschen.«

»Du bist umgezogen?«
»Ach ja ... Du kennst ja noch meine alte Butze im Westen ... fand ich irgendwie nicht mehr passend.«
Sissy dachte zurück. Was war denn an der nicht passend? Hundertachtzig Quadratmeter, Wahnsinns Aussicht und die Inneneinrichtung nur vom Feinsten und Teuersten. Den Kerl versteh, wer will ...!
Eitlers neue Wohnung lag im Lehenviertel, in der Nähe der List-Straße, in der sich nicht nur mit die schönsten alten Gebäude der Stadt befanden, sondern in der das »in der dritten Reihe parken« zum guten Ton gehörte. Heiko Eitlers Domizil verfügte jedoch über eine Tiefgarage und, trotz dem es sich um einen Altbau handelte, über einen Fahrstuhl, der von dort, mittels einer besonderen Schlüsselfunktion, direkt in die Wohnung fuhr.
Wieso wundert mich das nicht, dachte Sissy. Aber wie man das, mit Blick auf das Denkmalamt und alle möglichen anderen Behörden, hier gedeichselt bekommen hat, würde mich schon interessieren.
»Herein, herein« flötete der Detektiv aufgekratzt und ließ Sissy den Vortritt.
»Ist jemand hier?«, fragte sie ihn irritiert.
»Nein. Nur Du, ich und Dr. Watson. Warum? Wie kommst du darauf?«
»Na wegen der Musik ... und wer, bitte schön, ist Dr.

Watson?«

Eitler schob sie in einen riesigen Raum, dessen Deckenhöhe sicher fünf Meter betrug. Offensichtlich das Wohnzimmer.

»Da liegt der Lümmel. Macht euch doch bitte selbst miteinander bekannt.«

Und während er in einen anderen Teil der Wohnung verschwand, sagte er noch angemessen laut, damit Sissy es hören konnte: »Das mit der Musik ist einfach. Läuft über die Fernbedienung am Smartphone. Hab ich schon eingeschaltet, als du aus dem Auto gekrabbelt bist. Ich bin gleich wieder bei dir ...«

Sissy, die mit halber Aufmerksamkeit den Worten Eitlers lauschte und gleichzeitig den imposanten Raum begutachtete, bemerkte plötzlich eine sanfte Bewegung auf der überdimensionalen Couch, die zu ihrer Rechten unter einem ebenso großen Wandgemälde stand.

Ein stattlicher, rot-weiß-getigerter Kater streckte sich, leckte sich ein paar mal über die Vorderpfoten und Beine und betrachtete sie dann aus zwei bernsteinfarbenen Augen. Dabei schlug seine Schwanzspitze unruhig auf und ab. Sissy, die in der Lage war, die Sprache der Katzen zu lesen, wusste, was dies bedeutete:

»Na Puppe, wer bist du denn? Und was fällt dir ein, mich aus meinem wohlverdienten Schlaf zu reißen? Ich hoffe, du hast was zu fressen bei dir. Oder du bist wenigstens halbwegs in der Lage dazu, mich angemessen gut zu kraulen und zu streicheln. Und jetzt steh da nicht so blöd herum. Komm her!«

Sissy tat, wie ihr gedanklich befohlen worden war.
»Na, Dr. Watson? Du bist aber ein Hübscher!«
»Aha. Ich sehe, Ihr versteht euch.«
Das Herrchen des Katers lehnte lässig am Türrahmen und betrachtete amüsiert den Austausch von Streicheleinheiten auf seinem Sofa. In den Händen hielt Heiko Eitler zwei große Gläser. Die Flüssigkeit darin war durchsichtig und Sissy konnte neben einigen Eiswürfeln auch Minzblätter erkennen.
Plötzlich ertönte, aus den tiefen des riesigen Appartements, ein eigentümliches, ratterndes Geräusch. Wie ein geölter Blitz sprang der Kater von Sissys Schoß und verschwand.
»Was war das denn?«
Sissy nahm das Glas, das ihr entgegengestreckt wurde. Der Detektiv setze sich, leise lachend, neben sie.
»Der Futterautomat. Du weißt doch ... wenn es um's Fressen geht, hat selbst die Bezauberndste aller Kriminalhauptkommissarinnen keine Chance mehr. Zum Wohl!«
Er stieß mit seinem Glas gegen ihres und lächelte sie an.
Aha ... Nachtigall ick hör dir trapsen, dachte Sissy, denn plötzlich war der altgewohnte »Eitler-Charme« zurück und ein kleines Alarmglöckchen fing leise, aber unüberhörbar, in ihrem Kopf an zu bimmeln.
Sie nippte kurz und stellte dann ihr Getränk, dass sie mittlerweile als Mochito identifiziert hatte, auf den ausladenden, massiven Wurzelholz-Couchtisch.
»Apropos »zum Wohl« ... wie hast du es eigentlich geschafft, 0,0 Promille zu blasen? Ich hab selbst gesehen,

dass du Whiskey getrunken hast.«
Der Detektiv stellte seinen Cocktail ab und stand auf. Er ging zu einer geschmackvollen, sicher hundert Jahre alten Anrichte, schnappte sich einen stattlichen, silbernen Flachmann und goss eine hellbraune Flüssigkeit in ein halbhohes Kristallglas. Er trat neben Sissy und reichte es ihr.
»Hier ... probier mal.«
Sissy nahm das Glas, schnupperte daran und stutze.
»Was ist das denn? Das ist doch kein ... ist das ...«
»Tee«, klärte er sie auf. »Es ist Tee. Einen ganz besondere Mischung aus Ceylon. Sieht ganz schön echt aus, oder?«
Er nahm Sissy das Glas wieder ab, stellte es zurück und drehte sich um.
»Ich kenne meine Mandantin nun ja schon etwas länger. Da man die Kundschaft bei Laune halten muss und die Gräfin nicht gerne alleine trinkt, ich aber auf meinen Führerschein angewiesen bin, habe ich den Whiskey einfach ausgetauscht.«
Er rümpfte die Nase und setzte sich wieder auf seinen Platz.
»War nicht schade drum. War sowieso kein besonders edler Tropfen.«
»Aha. Ähäm, ja ... okay, Heiko ... zurück zum Thema. Die Photos ...«
»Ja doch, KHK Ulmer. Sofort! Aber erst genießen wir den Aperitif und danach wird gegessen. Komm, lass uns auf die Terrasse gehen.«
Sissy, die die Kühle im Raum genoss, war von diesem Vorschlag alles andere als begeistert. Aber sie wurde an-

genehm überrascht. Da der Außenbereich in Richtung des bewaldeten Hanges lag, war die Temperatur erträglich. Während Eitler in die Küche verschwunden war, zündete sie sich eine Zigarette an und genoss die herrliche Aussicht auf das Grün und die Atmosphäre der »blauen Stunde«. Die Dämmerung war schon ziemlich weit fortgeschritten. Die kräftige Farbe des Himmels ließ sie an ein schönes Gemälde denken. Die leisen, lateinamerikanischen Klänge und die indirekte Beleuchtung aus dem inneren der Wohnung sowie zwei dicke Kerzen in geschmackvollen Windlichtern, erzeugten beinahe eine Art Urlaubsstimmung.

Stopp! Lass dich ja nicht wieder einlullen! Du bist aus beruflichen Gründen hier ...

Als sich zwei Stunden später, nach einem köstlichen, leichten Essen, einem hervorragenden, kühlen Weißwein und dem Austausch gewisser Photos, ein privater Ermittler von hinten über eine sitzende Hauptkommissarin beugte und sanft ihren Nacken küsste, wusste diese unmittelbar, dass sie ihre guten Vorsätze, wieder einmal, nicht würde einhalten können.

- 13 -

»Wie heißt die Domina??? Das ist ein Scherz, oder?«
Sissy konnte, durch den Telefonhörer hindurch, sein breites Grinsen vor sich sehen. Der Kerl ist echt fix, dachte sie, während sie mit den Füßen im lauwarmen Wasser plantschte. Ich hab die Mail vor noch nicht mal zehn Minuten abgeschickt.
»Nein. Kein Scherz, mein Lieber. Und es ist, wie ich geschrieben habe, kein Künstlername. Sie heißt wirklich so.«
»Komm schon. Sag es!«, bettelte er. »Es zu hören macht, glaube ich, noch viel mehr Spaß, als es vor Augen zu haben.
»Na gut. Weil du es bist ... Divina Jammertal.«
»Hihihiiii ... ich schmeiß mich weg!«
Sissy musste den Hörer des tragbaren Telefons für einen Moment ein gutes Stück von ihrer Ohrmuschel weg halten. Als Eric sich beruhigt hatte, grinste sie immer noch. Natürlich hatte er sie mit seinem Lachkrampf angesteckt. Aber sie versuchte, sich zusammenzureißen.
»Also. Was machen wir jetzt? Die Überprüfung der Li-

mousine läuft. Wir sollten ins Rotlichtviertel und schauen, was wir da herausfinden bezüglich des Kokain-Konsums unseres Opfers. Und mit Frau Jammertal ...«
Ein erneutes Kichern aus dem Hörer unterbrach Sissys Geschäftigkeit für einen Moment. »... muss auch jemand sprechen. Ich nehme an, dass Diesi immer noch niemanden vom LAG erreicht hat ...?«
»Wo denkst du hin. Am Wochenende doch nicht. Okay ... die Domina sollen Edeltraut und Erwin übernehmen. Ich könnte nicht ernst bleiben, wenn ich die befragen müsste. Ich hör mich mal ein bisschen im Bohnenviertel um ...«
Das sogenannte Bohnenviertel war im 15. Jahrhundert entstanden. Es verdankte seinen Namen den ersten Bewohnern, die, da sie sehr arm waren, Bohnen anpflanzten und diese dann girlandenartig an die Fenster hängten. Zusammen mit dem nebenan gelegenen Leonhardsviertel bildete das Bohnenviertel den »Stuttgarter Kiez«. Abgesehen von diversen Strip-Clubs, Eros-Centern und dem ein oder anderen »Mini-Bordell«, ein zauberhaftes Fleckchen im Herzen der Landeshauptstadt, mit hübschen kleinen Gassen, Kneipen, Restaurants, Antiquitätenläden und ganz normalen Wohnungen. Allerdings hatte sich das »Rotlicht« in den letzten Jahren mehr und mehr ausgebreitet. Die illegale Straßen- und Wohnungsprostitution war immer mehr auf dem Vormarsch und die Delikte und Polizeieinsätze häuften sich.
»Du willst jetzt ins Milieu? Das kannst du vergessen. Es ist Sonntagmorgen. Da schlafen die Nachtschatten-

gewächse alle noch. Und außerdem ... was heißt hier »ich«? Wenn überhaupt, dann machen wir das zusammen.«

Kaum hatte Sissy den Satz zu Ende gebracht, überfiel sie eine bleierne Müdigkeit. Sie stöhnte leise und lehnte sich zurück. Aus dem Hörer in ihrer Hand drang die Stimme eines Gedankenlesers.

»Nein. Du hast das mit Eitler alleine gemacht und dafür deinen Samstag Abend geopfert, während wir anderen alle, schön relaxt, im Biergarten gesessen haben. Du bist bestimmt total groggy. Du ruhst dich jetzt mal aus.
Ich werde mich heute Mittag bei der Sitte und den Drogis ein bisschen umhören, was die über die Dame mit dem fantastischen Namen bzw. diesen Dealer wissen. Wenn ich dann gegen Nachmittag, frühen Abend los tiger, sind die Damen und Herren des Gewerbes sicher schon wieder ansprechbar.«

»Aber du solltest das nicht alleine ...«, erwiderte Sissy matt.

»Papperlapapp!«, wurde sie aus dem Telefon unterbrochen. »Keine Diskussion. Fällt eh viel weniger auf, wenn ich da als einsamer, streunender Wolf aufkreuze. Du gehst jetzt eine Runde schwimmen und dann ab ins Bett.«

Sissys erneuter, jedoch schwacher, Protest hatte keinen Erfolg. Sie beendeten das Telefonat. Das liebevoll-mahnende »Pass auf dich auf!«
seiner Kollegin hörte Eric Jahn schon nicht mehr, weil er bereits aufgelegt hatte. Aber in Sissys Kopf hallte es,

seltsamerweise, noch lange nach.

- 14 -

»Guten Morgen, Kollegen.«
Dr. Staudt rauschte förmlich in den Chatroom. Sissy musste unmittelbar an einen Zug denken, dessen Lokführer, beim Einfahren in den Bahnhof, vergessen hatte, die Geschwindigkeit zu drosseln. Innerhalb weniger Sekunden war der gesamte Raum erfüllt vom Duft eines teuren Rasierwassers.
Es war Montag Morgen. Die große, nüchtern wirkende, schwarzweiße Uhr über der Tür zeigte drei Minuten vor neun. Alle Kollegen der Mordkommission hatten sich bereits versammelt und die Plätze eingenommen.
Alle ... bis auf einen.
Dr. Staudt setzte sich schwungvoll auf seinen Stuhl am Kopfende des langen Konferenztisches. Er blickte in die Runde. Der Platz neben Sissy war leer.
»Fräu ... Frau Ulmer ... wo ist der Kollege Jahn?«
Sissy entging sogar, dass ihrem Chef um ein Haar, zum wiederholten Mal, der antiquierte, längst nicht mehr gebräuchliche Ausdruck »Fräulein« herausgerutscht wäre. Sie hatte schon den ganzen Morgen ein

ungutes Gefühl. Noch am Sonntag Abend hatte sie mehrmals versucht, Eric zu erreichen. Ohne Erfolg. Sie hatte immer wieder dieselbe Ansage zu hören bekommen: »Der gewünschte Gesprächspartner ist vorübergehend nicht zu erreichen.« Und mit jedem weiteren Anruf, der von ihrem Kollegen nicht beantwortet wurde, war ihre Sorge gewachsen, dass ihm etwas zugestoßen sein könnte.

Als sie Luft holte, um die an sie gestellte Frage zu beantworten, ohne dass sie dazu in der Lage gewesen wäre, konnten alle im Raum deutlich erkennen, dass etwas nicht stimmte. Doch bevor aus Sissys geöffnetem, sorgenvoll verzogenem Mund auch nur ein einziges Wort purzeln konnte, wurde lautstark die Tür des Besprechungszimmers aufgerissen. Alle Köpfe flogen zeitgleich in dieselbe Richtung. Polizeimeister Gunther Esch stand keuchend und mit hochrotem Kopf auf der Schwelle.

Ein bisschen weniger qualmen, dann kriegt man auch besser Luft, dachte Sissy beim Anblick des uniformierten Kollegen der Schutzpolizei.

Allerdings war dieser gedachte Gesundheitstipp gleichzeitig auch an sie selbst gerichtet.

»Ha... Hallo zu...sam...men. Ich ... pfff ... habt ihr ... haben Sie ...«

Dr. Staudts Stimme dröhnte vom anderen Ende des Tisches quer durch den Raum.

»Kollege Esch. Guten Morgen. Erst Luft holen, dann sprechen. Und bitte so, dass wir es auch verstehen können. Danke.«

Die Köpfe der anderen am Tisch hatten sich wie beim Tennis, synchron, erst zur Tür und dann in die andere Richtung gedreht. Jetzt wandten sich alle wieder Esch zu, der sich langsam erholt hatte.

»Jaaha ... 'Tschuldigung. Die Zentrale hat mich gerade angerufen. Kollege Jahn ist heute Nacht ins Katharinenhospital eingeliefert worden. Er liegt auf der Intensivstation.«

Die Stimmung im Raum glich plötzlich einem eingefrorenen Fernsehbild.

Alle starrten sprachlos zur Tür und versuchten, das soeben Gehörte zu begreifen.

Sissy, deren Herzschlag für einige Momente ausgesetzt zu haben schien, reagierte als erste.

»Ich fahr!«, schrie sie förmlich und sprang, wie das berühmte Teufelchen aus der Kiste, von ihrem Stuhl. Sie war schon fast aus der Tür, als Dr. Staudts laute Bass-Stimme sie stoppte.

»KHK Ulmer. Halt!«

Sissy hielt abrupt inne und drehte sich langsam um.

»Chef ... ich muss da jetzt sofort hin!«

Dr. Staudt hielt den Kopf leicht schräg und blickte sie mit ernster Mine an.

Allerdings sah er dieses Mal nicht aus wie ein Alligator auf Beutezug.

»Ja, ja. Natürlich fahren Sie da sofort hin. Trotzdem ... zwei Dinge noch: Sobald Sie detaillierte Auskunft über den Gesundheitszustand des Kollegen Jahn erhalten ha-

ben, melden Sie sich bitte unverzüglich. Und außerdem will ich Sie heute Nachmittag bei mir im Büro sehen. Vierzehn Uhr. Pünktlich!«
Sissy nickte nur kurz, drehte sich um und rannte los. Sie rannte, als ginge es um ihr Leben. Dabei war es nicht das Ihre, das am seidenen Faden hing.

- 15 -

Die Maschinen, die Geräusche sowie der immer gleiche »Krankenhausduft«, wurden von Sissy kaum wahrgenommen. Sie saß wie versteinert auf einem Stuhl neben dem Bett ihres Kollegen und versuchte zu begreifen, was sie da sah.
Eric Jahns Augen waren geschlossen und er lag vollkommen regungslos da. Sein Kopf war eingehüllt in eine dicke Bandage und aus seinem Mund ragte ein Schlauch, der in eine der vielen Gerätschaften mündete, die rechts und links vom Kopfende standen. Das, was Sissy noch von seinem Gesicht erkennen konnte, wirkte irgendwie verschoben, angeschwollen und verfärbt. Was sie jedoch am allerwenigsten verstand, war, wie klein der ganze Körper ihres so hochgewachsenen, athletisch gebauten Kollegen plötzlich wirkte.
Ist er das überhaupt? Vielleicht eine Verwechslung ..., versuchte sie sich gedanklich aus ihrem Schock zu befreien.
Eine Hand, die sich sanft von rechts auf ihre Schultern legte sowie eine Stimme, die nun das Piepen und das

stakkatoartige Rauschen des Beatmungsgerätes übertönte, machten ihre kurz gehegte Hoffnung zunichte.
»Sie sind die Partnerin von Herrn Jahn?«
Sissys Kopf bewegte sich nur sehr langsam. Ihr Blick glitt nach und nach über die Hand, den Unterarm und heftete sich schließlich auf das Gesicht des Stimmeninhabers.
»Partnerin? Wie meinen Sie das? Ich, ähm ..., ja. Die bin ich, glaube ich.«
Der Arzt ließ sich von dieser etwas wirren Aussage nicht irritieren. Auf seinem Namensschild, dass links, auf Brusthöhe an den weißen Kittel geheftet war, stand: Dr. med. Schreckenberg. Unter anderen Umständen hätte sich Sissy an dieser Stelle ein Schmunzeln verkneifen müssen. Aber im Moment dachte sie nur einen kurzen Moment daran, dass sich die kuriosen Namen wie ein roter Faden durch diesen Fall zu ziehen schienen.
Die Hand, die auf Sissys Schulter lag, drückte diese kurz und leicht, um dann hinter dem Rücken des Mediziners zu verschwinden.
»Es sieht schlimmer aus, als es ist«, sagte er, den Blick auf Eric Jahn gerichtet. »Wir haben ihn nur kurzfristig in ein künstliches Koma versetzt.
Deshalb liegt er hier auf Intensiv. Wir waren uns nicht ganz sicher, wie massiv die Frakturen sind und ob er innere Verletzungen hat. Aber die Befunde waren negativ. Wir können ihn morgen auf die normale Station verlegen. Und da seine allgemeine, körperliche Konstitution so außergewöhnlich gut ist, wird es ihm spätestens in zwei, drei Tagen schon deutlich besser gehen.«

Sissy, die die Worte wie durch einen Wattenebel gehört hatte, merkte, dass sich ihre Augen mit Tränen füllten. Tränen der Erleichterung. Fast gleichzeitig breitete sich in ihrem Inneren jedoch noch ein weiteres Gefühl aus. Die Anwesenheit des Mediziners für einen Moment völlig vergessend, entschlüpfte ihr zischend und an Eric gerichtet: »Wer zum Teufel hat Dir das angetan?«
Eine erneute, sanfte Berührung ihrer Schulter, ließ sie zusammenzucken.
»Das herauszufinden, Frau Hauptkommissarin, ist Ihre Aufgabe.«
Und als Sissy den Arzt jetzt zum ersten Mal bewusst anschaute, nickte er ihr aufmunternd zu und zwinkerte leise.
»Ich bin mir sehr sicher ... Sie schaffen das!«

- 16 -

»Was hat man Ihnen und dem Kollegen Jahn eigentlich in der Zeit während Ihrer Ausbildung beigebracht? Alleingänge zu veranstalten? Noch dazu in einer solchen Umgebung?«
Sissy saß im Büro ihres Vorgesetzten und hörte sich die unangenehme Standpauke an, die sie bereits hatte kommen sehen und die, wie sie sogar selbst fand, alles andere als unberechtigt war. Deshalb ließ sie den Rüffel ihres Chefs ohne große Widerworte über sich ergehen. Außerdem war ihre Erleichterung darüber, dass Erics Verletzungen nicht lebensgefährlich zu sein schienen immer noch so groß, dass ihr alles andere im Moment egal war. Dr. Staudt hatte eine kurze Pause eingelegt um nun, den allseits bekannten Reptilien-Blick fest auf Sissy geheftet, fortzufahren.
»Oder war es vielleicht, möglicherweise, doch eher so, dass man Ihnen, immer und immer wieder versucht hat deutlich zu machen, dass sich ein ermittelnder Beamter unter keinen Umständen alleine in eine gefährliche Untersuchung begibt?«

»Ach Chef, ich meine ... Herr Dr. Staudt ...«, murmelte Sissy erschöpft.

»Stimmt beides!«, war der trockene Kommentar des Polizeipräsidenten.

»Also ...?«

»Es tut mir leid ... es war nur ...«

»Entschuldigung akzeptiert!«, wurde Sissy der Satz abgeschnitten.

»Und ...?«

»Kommt nicht wieder vor. Versprochen.«

»Gut ...«

Erst jetzt bemerkte Sissy, dass der Ausdruck in den Augen ihres Gegenübers nun noch finsterer war, als zu Beginn der unerfreulichen Konversation.

»Wie geht's denn jetzt weiter?«, fragte sie vorsichtig.

»Im Moment ist ein Sondereinsatzkommando in der Innenstadt unterwegs. Niemand schlägt einen meiner besten Hauptkommissare krankenhausreif und kommt dann ungeschoren davon!«, war die grimmige Antwort.

Schlagartig wurde Sissy bewusst, dass sie nicht die Einzige war, die dieser Vorfall extrem mitgenommen hatte.

»Aha ... gut, okay ... aber wir wissen doch gar nicht so genau, wo wir suchen müssen und vor allem nach wem. Oder?«

»Sie sagen es ... oder! KHK Jahn wurde zwar direkt vor der Leonhardskirche gefunden, aber wir haben einen Tipp aus dem Milieu bekommen. Wie Sie sicher wissen, sind da einige Rivalitäten vorhanden, was wiederum bedeutet, dass das lichtscheue Gesindel so gut wie keine

Gelegenheit auslässt, sich hie und da gegenseitig zu denunzieren. Sagt Ihnen der Name Dimitri Jüngling etwas?«

Doch bevor Sissy überlegen, geschweige denn antworten konnte, sprach Dr. Staudt auch schon weiter.

»Ein einschlägig bekannter, wenn auch nicht vorbestrafter Zuhälter. Man munkelt, dass er auch im Drogengeschäft unterwegs ist. Nachgewiesen werden konnte ihm bislang jedoch nichts. Er ist deutscher Staatsbürger, da er in Stuttgart geboren wurde. Sein Vater ist Deutscher und, man kann es fast nicht glauben, einer der prominentesten Anwälte ganz Baden-Württembergs. Seine Mutter stammt jedoch aus Russland. Sie ist der Spross einer, vor allem in Schweden bekannten Sippe, die seit Generationen im Rauschgifthandel tätig ist.«

Sissy schüttelte den Kopf.

»Wie kommt denn so was zustande? Eine russische Drogen-Baroness aus Schweden und ein Anwalt aus dem gutbürgerlichen Stuttgart ...?!«

Dr. Staudt drehte sich mit seinem rollenden Bürostuhl in Richtung Fenster und betrachtete versonnen die Weinberge.

»Ich kann an dieser Stelle leider nicht mit einer romantischen Kennenlern-Geschichte dienen. Es ist eine bloße Vermutung meinerseits. Das Jura-Studium ist eines der zähsten, trockensten und anstrengendsten, das man sich vorstellen kann. Ich weiß, wovon ich spreche!«

Ein kurzer, schwerer Seufzer entschlüpfte seinen Lippen, bevor er fortfuhr. »Vielleicht hat der gute Herr

Dr. Jüngling sich während seiner Ausbildung zum Juristen einiger, leistungssteigernder Mittelchen bedient, um durchzuhalten. Und im Zuge dessen ist er an eben jene Dame geraten. Denkbar wäre es ... Auf jeden Fall ist sein Filius, dieser Dimitri, Besitzer des Bordells »Sexy Hexle«. Dass unser toter Richter in diesem Etablissement verkehrte und von dort, mutmaßlich, auch sein Kokain bezog, wussten wir ja durch Ihre Recherche bei Herrn Eitler ...«

Sissy rollte mit den Augen, was Dr. Staudt allerdings nicht sehen konnte, da sein Blick immer noch aus dem Fenster ging.

»... also lag die Vermutung nahe, dass Kollege Jahn an dieser Stelle angesetzt hat. Dass das stimmt, wissen wir jetzt. Wie gesagt ... es war ein Kinderspiel, einen der Herren aus dem Milieu zur Kooperation zu bewegen.«

Langsam drehte der Polizeipräsident seinen Stuhl wieder zurück an den Schreibtisch.

Auweia ... jetzt bin ich wieder an der Reihe, dachte Sissy.

»Soweit ...! Und nun zurück zu Ihnen, Frau Ulmer. Was hatte man Ihnen nochmal auf der Polizeischule beigebracht, bezüglich Teamwork im Zuge einer Mordermittlung?«

Während das zähe Gespräch zwischen einem verärgertbesorgten Polizeipräsidenten und seiner zerknirschten, aber auch erleichterten Hauptkommissarin weiterging, kniete in einem hellen Büro, in der obersten Etage eines fünfstöckigen Altbaus, im Stuttgarter Rotlichtviertel, ein einhundert Kilo schwerer, durchtrainierter Hüne

auf einem schmächtigen, einen Meter siebzig großen Mann.
Der am Boden liegende hechelte und schimpfte.
»Das wird Sie ... Ihren Job ... kosten ... hmpf! Wissen Sie ... überhaupt, wer ich ...?«
Der schwarzgekleidete Hüne, der eine für das SEK typische, ebenfalls schwarze Sturmhaube trug, die nur Augen und Mund erkennen ließ, beugte sich nach vorn. Dadurch verstärkte sich der Druck auf den Brustkorb des unter ihm Liegenden noch zusätzlich. Es war ihm unmöglich, weiterzusprechen. Ein lautes, pfeifend-gurgelndes Geräusch kam aus seinem Mund. Dann war er still. Die schwarze Maske war jetzt ganz dicht am rechten Ohr des Milieu-bekannten Zuhälters Dimitri Jüngling. Die Stimme, die aus der Maskenöffnung kam, war leise, fast flüsterte sie.
Deshalb wirkte sie aber nicht weniger bedrohlich. Im Gegenteil.
»Ich weiß genau, wer du bist, Arschloch. Du bist der Wichser, der dafür verantwortlich ist, dass ein Kollege von mir auf der Intensivstation um sein Leben kämpft. Am Liebsten würde ich dir jetzt das Genick brechen ...«
Wie zur Bestätigung des Gesagten, gab einer der Rückenwirbel von Dimitri Jüngling ein lautes Knacken von sich. »... aber ich möchte mir nicht die Finger schmutzig machen, an einem Stück Scheiße wie dir. Du bekommst Deine Strafe. Dafür wird gesorgt werden. Und jetzt steh auf, du Jammerlappen ... bevor ich es mir anders überlege.«

Das Klicken der zuschnappenden Handschellen hallte noch zwischen den Wänden, da hatte der schwarze Riese den Bordellbesitzer auch schon in die Senkrechte befördert, als wäre der eine federleichte Stoffpuppe.

- 17 -

»Was zum Teufel ist denn hier los?«
Die Stimme des Arztes grollte wie ein Donner durch das ziemlich vernebelte Krankenzimmer. Er stand reglos im Türrahmen und seine Hand lag noch auf der Klinke. Durch das Licht, das hinter ihm auf dem Flur brannte, konnte man seine Gestalt nur in Umrissen erkennen, denn im Zimmer war es, abgesehen von drei Teelichtern, die durch den spontanen Luftzug bedrohlich flackerten, fast vollständig dunkel. Der Spätsommer ließ durch seine immer früher aufziehende Dämmerung den bevorstehenden Herbst erahnen.
Sissy, die am weit geöffneten Fenster auf dem Sims saß, schnippte hektisch ihre Zigarette ins Freie. Die Bewegung war derart schwungvoll, dass sie der Kippe um ein Haar hinterher geflogen wäre. Was ihr Abfang-Manöver zusätzlich erschwerte, war der Umstand, dass sie in der anderen Hand eine Bierflasche hielt. Sie ruderte heftig mit dem mittlerweile frei gewordenen Arm und ließ sich dann mit einem lauten »Uff« auf beide Beine und den sicheren Linoleumboden des Raumes fallen.

»Heieiei ... Herr Dok ... hicks ... tor«
Sie schüttelte sich.
»Müssen Sie mich so er ... sch ... schrecken? Kommt da Ihr Nahhme heer? Schreckenberg? Hihii ... Jetzt hätten Sie umm ein Haaaar ... ein neues Opffaa ... ähm, Tschuldigung ... eine neuhee Patssiientin gehabt ...«
Eric Jahn, der ebenfalls eine Flasche Bier in der Hand hielt, richtete sich ein wenig mehr im Bett auf.
Auf seinem Nachttisch stand eines der drei Teelichter, sowie ein leeres Glas und eine Schale, in der einige Cips-Krümel erkennen ließen, was ihr Inhalt gewesen war.
Mit einem lauten Knall schmiss der Arzt die Tür zurück in ihre Angeln.
In diesem Moment ging die Außenbeleuchtung des Klinikparks an, sodass es plötzlich etwas heller war im Raum. Auf dem Besuchertisch standen außer einer weiteren Mini-Kerze eine halb leere Flasche Whiskey sowie der gläserne Zwilling von Eric Jahns Nachttischchen, in dem noch ein goldbrauner Bodensatz zu erkennen war. An der Wand lehnte eine offene Chipstüte, neben ihr lag eine geöffnete Zigarettenpackung.
»Das habe ich in meinen fünfzehn Jahren hier an diesem Hause auch noch nicht erlebt. Abseits jeglicher Regeln, Besuchszeiten und jedweder Vernunft, wird hier eine Sause veranstaltet. Noch dazu von zwei Polizeibeamten, von denen der eine sich eigentlich von einem lebensbedrohlichen Angriff erholen sollte.«
Während Sissy sich mit einem leisen: »Pff, ach komm ...«,

abwinkend und mit leichter Schlagseite, auf einen der beiden Stühle fallen ließ, setzte Eric, dessen Gesicht noch immer von Pflastern und Bandagen umgeben war, zu einem Beschwichtigungsversuch an.
»Herr Doktor Schreckenberg ... entschuldigen Sie bitte, aber ...«
Weiter kam er nicht. Der Arzt war an den Besuchertisch getreten und hatte nach der Flasche gegriffen, die er nun neugierig betrachtete. Ein genüssliches Glitzern lag plötzlich in seinen Augen.
»Hmh, ein guter Tropfen ... kenn ich. Den bekommt man in Deutschland eigentlich gar nicht.«
Er öffnete die Flasche, füllte das noch nicht ganz geleerte Glas zu einem Drittel, schnupperte kurz daran und nahm einen kräftigen Schluck.
Sissy, die die Szene, ebenso wie Eric, ungläubig beobachtete, war schlagartig wieder nüchtern.
»Aber ... Herr Doktor ... das geht doch nicht!«
Der Arzt schien sie gar nicht gehört zu haben. Mit einem anerkennenden Schmatzen ließ er sich auf den zweiten Stuhl fallen, schnappte sich geschickt eine Zigarette aus der offenen, angebrochenen Schachtel und grinste schief.
»Haben Sie Feuer?«
Als Sissy sich nicht rührte, sondern ihn weiterhin fassungslos anstarrte, nahm er den Glimmstängel lässig aus dem Mund.
»Das kann ich jetzt wirklich gut gebrauchen. Außerdem habe ich seit ...« er schaute kurz auf seine Uhr am rechten Handgelenk, »... zehn Minuten Feierabend und ab

sofort zwei Wochen Urlaub. Die Ablösung ist schon da. Und die Stationsschwester ist ruhig gestellt, weil sie weiß, dass ich hier bin. Davon mal abgesehen, wollte ich genau das schon immer einmal machen.« Das schiefe Grinsen wurde breiter. Er schob sich die Zigarette wieder zwischen die Lippen und zwinkerte Sissy aufmunternd zu. »Also, hopp jetzt, Frau Hauptkommissarin! Feuer, bitte!« Er lehnte sich über den Tisch und Sissy tat, immer noch einigermaßen sprachlos, worum sie gebeten worden war. Der Arzt nahm einen tiefen Zug und lehnte sich zurück. Nach einem kurzen Moment der Stille hob er sein Glas und blickte Richtung Krankenbett.
»Na dann ... gute Besserung!«

- 18 -

Am nächsten Morgen schlich Sissy den Gang des Präsidiums entlang.
Selbst das Hallen ihrer Schritte erschien ihr wie der Lärm eines startenden Düsenjägers. Sie war unterwegs zum Chatroom, zur anberaumten Besprechung. Ausnahmsweise war sie dankbar für das gleißende Sonnenlicht, dass sich überall durch die Rollos und jede noch so kleine Ritze drängelte. Andernfalls hätte sie sich eine fantasievolle Erklärung zurechtlegen müssen, warum ihr halbes Gesicht von einer überdimensional großen, sehr dunklen Sonnenbrille verdeckt war.
Vorsichtig setzte sie sich auf ihren Platz, denn sie traute ihrem Gleichgewichtssinn noch nicht wieder über den Weg.
»Alles in Ordnung mit unserem Fräulein Ulmer?«
Der Polizeipräsident hatte eine Augenbraue hochgezogen und musterte Sissy eindringlich.
The crocodile and the Fräulein are back, dachte sie und gab nur ein leises, undeutliches »Hmm, jaa« von sich.
»Das freut mich zu hören.« Der ironische Unterton war

deutlich vernehmbar und Sissy überlegte kurz, ob ihr Chef über hellseherische Fähigkeiten verfügte oder gar einen privaten Spitzel im Krankenhaus platziert hatte. Doch Dr. Staudt hatte schon wieder seine normale Tonart angeschlagen, als er weitersprach.

»Und wie geht es dem Kollegen Jahn? Gibt es etwas Neues?«

Sissy versuchte das Hämmern und Brummen ihres Kopfes zu ignorieren und halbwegs munter zu wirken.

»Eric geht es schon wieder besser. Wenn alles glatt läuft, wird er in ein paar Tagen entlassen.«

»Aha ... so schnell schon?«, fragte Erwin Schober erstaunt.

Sissy nickte, bereute diese Bewegung jedoch sofort.

»Aah ... hm, ja. Der behandelnde Arzt meinte, das wäre seiner außergewöhnlich guten körperlichen Verfassung zu verdanken.«

Wolfgang Faul hatte plötzlich einen missbilligenden Zug um den Mund.

»Ha freilich. Der Kerle hockt ja älle Dag von morgens bis obends in onserer Mucki-Bude rom.«

Sabrina Schönleber, die direkt neben ihm saß, setzte ihr süßestes Engelsgesicht auf. Ihr Blick ruhte auf dem mächtigen Kessel, den der Chef der Spurensicherung anstelle eines normalen Bauches mit sich herumtrug.

»Ja, mein lieber Wolfgang. Das stimmt. Eric trainiert wirklich fleißig. Und das, obwohl er es eigentlich gar nicht sooo bitter nötig hätte ... so bitter nötig wie manch anderer, meine ich.«

Jetzt war Sissy für einen Moment lang dankbar für ihre Kopfschmerzen, die sie davon abhielten, laut loszulachen. Ihre Kollegen kicherten jedoch einhellig vor sich hin. Wolfgang Fauls Gesicht nahm eine dunkelrote Farbe an, bevor er jedoch etwas erwidern konnte, ergriff der Polizeipräsident wieder das Wort.

»Herrschaften, bitte! So, nun gut. Das ist ja sehr schön zu hören. Aber voll einsatzfähig wird er wohl noch nicht sein. Wir brauchen dringend Ergebnisse. Mittlerweile hat natürlich die Presse Wind von der Sache bekommen. Und wie sehr sich die Staatsanwaltschaft über die Ermordung eines Richters und den Umstand, dass wir den Täter noch nicht haben, freut, brauche ich an dieser Stelle wohl nicht näher zu erläutern ... Also lassen Sie uns zusammenfassen – was haben wir?«

Er blickte in Richtung des Spurensicherungs-Teams. Da Wolfgang Faul jedoch immer noch zu schmollen schien, ergriff der links von ihm sitzende Harald Stark das Wort. Er erklärte in kurzen, aber dennoch sehr informativen Sätzen, dass zwar eindeutig geklärt werden konnte, um welche Art Säbel es sich handelte: »Dabei war uns das Internet eine große Hilfe. Allerdings ist das Netz, wie so oft, an dieser Stelle nicht nur Teil der Lösung, sondern auch des Problems ...«

Er machte eine kleine Pause. Das die jedoch eher resignierter Natur war und nicht, wie bei seinem Vorgesetzten, aus spannungserzeugenden Gründen passierte, konnte man an seinem Gesicht erkennen. Außerdem dauerte sie auch nicht allzu lang.

»Der Säbel stammt aus dem neunzehnten Jahrhundert, ist französischen Ursprungs und kann, vor allen Dingen auf diversen Schwarzmärkten, kinderleicht beschafft werden. Ganz besonders auf denen im Internet.«
Dr. Staudts Miene sprach Bände.
»Das heißt, es wäre vergebliche Liebesmüh zu recherchieren, wann, wo und an wen die Tatwaffe verkauft worden ist?«
Harald Stark nickte.
»Ja, so ungefähr. Wir können es versuchen, aber die Aussicht auf Erfolg geht gegen null.«
Dunkle Wolken zogen über die Stirn des Polizeipräsidenten.
»Gut, beziehungsweise nicht gut. Aber da wir momentan wenig andere Ansatzpunkt haben ...«
Er brauchte den Satz nicht zu beenden. Harald Stark nickte bereits.
Nun zu Ihnen, Frau Schwämmle, Herr Schober ... ich hoffe, Sie haben wenigstens ein paar erfreuliche Neuigkeiten?«
Edeltraut Schwämmle räusperte sich.
»Ich denke schon. Dimitri Jüngling wurde ja gestern festgenommen und sitzt in U-Haft. Der eigentliche Grund dafür war der Angriff auf Eric, für den er verantwortlich sein soll. Allerdings haben wir, bei der Durchsuchung seiner Büroräume, seinen Laptop sichergestellt. Auf dem waren Videos gespeichert, die unser Mordopfer in äußerst peinlichen Situationen zeigen. Dass er Stammkunde dieser Domina war, wussten wir ja bereits.

Aber zwei Dinge waren neu für uns: Erstens, unsere beiden Djs ...«

»Wie bitte?«, wurde sie abrupt von Dr. Staudt unterbrochen.

»Ähem, ich meine das Gespann Jüngling / Jammertal ... wir haben die zwei so getauft, weil sie dieselben Initialen haben. Und zwar sowohl was den Vor-, als auch den Nachnamen angeht.«

Einhelliges, kicherndes Gemurmel war zu hören.

Liebes Lieschen ... diese Namen! Das zieht sich echt durch den ganzen Fall, dachte Sissy in das langsam abebbende Brummen ihres Kopfes hinein.

Außerdem erinnerte sie dieses Buchstabenspiel an eine unangenehme Episode ihrer Kindheit. Ein fieser Mitschüler hatte, als er gemeinsam mit Sissy die dritte Klasse besuchte, entdeckt, dass Sissys Anfangsbuchstaben eine besonders lustige Kombination ergaben. Wochenlang wurde sie von ihm stetig als das »AU« bezeichnet, was auch von anderen gerne übernommen worden war. Die Hänseleien endeten erst, nachdem Sissy den frechen Kerl ordentlich vermöbelt hatte.

»Aha, so so!«, kommentierte Dr. Staudt, und forderte Edeltraut Schwämmle dann mittels eines knappen Nickens auf, weiter zu sprechen.

»... also Jüngling und Jammertal sind ein Paar. Und zweitens: Die Videos lassen vermuten, dass da eine Erpressung unseres toten Richters im Gange war. Wir sind dabei, die Bankkonten aller Beteiligten diesbezüglich abzugleichen. Allerdings sind Erwin und ich der Meinung,

dass das wenig bringen wird. Es ist relativ unwahrscheinlich, dass der gute Herr Sünderle für Zahlungen dieser Art einen Dauerauftrag eingerichtet hat. Aber vielleicht finden wir trotzdem etwas Auffälliges.«
»Gut. Und diese *Dame* haben Sie sicherlich schon bei uns einquartiert?«, fragte Dr. Staudt.
Jetzt lag auf beiden Gesichtern des Paares Schwämmle und Schober ein bedauernder Ausdruck. Erwin Schober ergriff das Wort.
»Leider nicht. Sie ist verschwunden.«
Nicht die auch noch, dachte Sissy.
»Nicht die auch noch!«, kam es spontan stöhnend vom anderen Ende des Tisches.
»Herr Diesner, klären Sie uns auf.«
Kai Diesner, dem es immer ein bisschen unangenehm war, im Mittelpunkt zu stehen, wurde rot.
»Ja, hm ... also es ist so ... die serbische Putzfrau, die die Leiche gefunden hat, ist auch weg. Sissy und Eric hatten ja vermutet, dass sie mehr weiß, als sie bisher gesagt hat. Deshalb haben Sissy und ich gestern beschlossen, ihr einen Besuch abzustatten. Es war niemand zuhause. Die Rolläden waren alle unten. Wir haben die Nachbarn befragt und dabei hat sich herausgestellt, dass das Ehepaar Dragic seit Sonntag nicht mehr gesehen worden ist. Wir haben im Katharinenhospital angerufen und erfahren, dass die gute Frau Dragic sich am Samstag selbst entlassen hat. Sie ist einfach abgehauen.«
»Wie bitte?«
Die dunklen Wolken waren zurück auf der Stirn des

Polizeipräsidenten.

»Und warum, bitteschön, wurde uns das von der Klinik nicht mitgeteilt? Die Herrschaften sind doch haargenau von uns instruiert worden.«

Da Sissy sich langsam von ihrer feuchtfröhlichen Krankenhaus-Sause erholte und sie den Anblick ihres jungen, zerknirscht wirkenden Kollegen nicht mehr ertragen konnte, übernahm sie nun die weitere Berichterstattung.

»Wir haben mit der leitenden Stationsschwester telefoniert. Sie hat uns erklärt, dass das wohl in der allgemeinen Hektik untergegangen sein muss.

Der Oberarzt hatte sie zwar beauftragt, uns zu informieren, aber unmittelbar danach gab es einen Notfall auf der Station. Tja ...«

Dr. Staudt schüttelte resigniert den Kopf.

»Aber die Zeugin muss doch zur Arbeit. Haben Sie es auch in der Reinigungsfirma oder am LAG versucht?«

»Ja, sicher. Madalena Dragic ist dort, seitdem sie die Leiche gefunden hat, von niemandem mehr gesehen worden. Sie ist nicht zur Arbeit gekommen, worüber sich allerdings niemand gewundert hat. Sie war ja noch krank geschrieben ... Sie und ihr Mann scheinen wie vom Erdboden verschluckt. Wir haben von den Nachbarn erfahren, dass das Ehepaar sehr zurückgezogen gelebt hat. Sie haben zwar im Treppenhaus immer freundlich gegrüßt, aber niemand hatte engeren Kontakt zu ihnen und sie hatten anscheinend auch niemals Besuch.«

Bevor Dr. Staudt einen Kommentar abgeben konnte, fügte Kai Diesner hinzu: »Wir haben das Ehepaar Dra-

gic gestern sofort zur Fahndung ausgeschrieben. Aber da beide einen serbischen Pass haben ...«
Er musste den Satz nicht beenden.
Erwin Schober mischte sich wieder ein.
»Die Suche nach Divina Jammertal läuft ebenfalls auf Hochtouren.«
Dr. Staudt steckte langsam einen Zeigefinger in den Raum zwischen seinem Hals und dem Hemdkragen und versuchte, die enganliegende Krawatte etwas zu lockern. So verzweifelt hab ich ihn noch nie gesehen. Armer Chef, dachte Sissy.
»Hat vielleicht sonst noch jemand irgendwelche Hiobsbotschaften zu verkünden?«
Sissy, die froh darüber war, dass es ihr besser ging, fasste sich ein Herz.
»Diesi und ich haben endlich die Haushälterin des Richters erreicht. Leider ist nicht sehr viel dabei herausgekommen. Sie sagte, er wäre ein ziemlicher Kotzbrocken gewesen. Aber da er so gut wie nie zuhause war, und die Bezahlung einigermaßen gestimmt hat, hätte sie seine Launen und gelegentlichen Wutausbrüche ertragen. Mit der Befragung der Kollegen von Richter Sünderle sind wir ebenfalls durch. Er war auch an seiner beruflichen Wirkungsstätte äußerst unbeliebt. Abgesehen von seiner cholerischen Ader, galten seine Urteile als herzlich wenig objektiv. Eine Richterin sagte uns klar und deutlich, dass seine Arbeitgeberfreundlichkeit in den Verfahren unter seinem Vorsitz mehr als auffällig gewesen sei und immer wieder Anlass zu Klatsch und

Tratsch gegeben hätte …«
»Korruption?«, fragte Dr. Staudt, einigermaßen schockiert.
»Soweit wollte die Dame mit ihren Vermutungen nicht gehen. Sie sagte nur, dass niemandem entgangen sei, wie viele seiner Entscheidungen zum Nachteil von Arbeitnehmern ausgefallen wären. Und seine diesbezüglichen Urteilsbegründungen wären im Richterkollegium höchst umstritten gewesen.«
Sabrina Schönleber schüttelte die lockige Mähne.
»Soviel zum Thema: »Blinde Justitia!« Was für ein A… Ohne Worte!«
Wolfgang Faul warf ihr einen mißbilligenden Blick von der Seite zu.
»Ha noh! Jetzetle aber! Die Leut sollet froh sei, dass se ebbes zom schaffa hend! Des kennt mer doch. Emmer welle, welle, welle, aber joh ned zu arg ohschdrenga. Und wenn oim amohle a Fürzle quer hängt, zieht mer vor de Kadi … Mer sott oifach ned die Hand beissa, die oin füddert.«
Aus Sabrina Schönlebers Augen schoss ein Blitz nach dem anderen, doch bevor sie ihrem Vorgesetzten eine passende Antwort um die unförmigen Ohren hauen konnte, ergriff der Polizeipräsident wieder das Wort.
Sissy fügte unterdessen ihrer internen Minuspunkte-Liste, die sie extra für Wolfgang Faul erstellt hatte, einen weiteren hinzu.
»Herrschaften, bitte! Weiter im Text. Was gibt es neues im Fall der ominösen, dunklen Limousine, die Heiko Eitler

beobachtet hat?«

»Richter Friedemann Kippstuhl«, kam es, wie aus der Pistole geschossen, von Kai Diesner.

Dr. Staudt wurde durch den knappen, nicht näher ausgeführten Kommentar kurz aus dem Konzept gebracht. Sissys grinsende Backen schoben ihre Sonnenbrille der Marke »Puck, die Stubenfliege«, so weit nach oben, dass sie fast bis zum Haaransatz reichte.

Diese Namen ..., dachte sie zum wiederholten Mal. Ich muss mir das alles aufschreiben!

Der Polizeipräsident hatte seine Irritation überwunden. »Herr Diesner ... auch für Sie gilt: Bitte sprechen Sie in ganzen, zusammenhängenden Sätzen.«

»Ähm, ja natürlich. Entschuldigung. Der Wagen ist zugelassen auf einen Friedemann Kippstuhl, seines Zeichens Richter am Arbeitsgericht Stuttgart.«

»Also auch ein Kollege von Reiner Sünderle?«, fragte Harald Stark.

»Ja und nein«, war die Antwort.

Jetzt hatten fast alle Anwesenden dicke Fragezeichen in den Augen.

»Er war am *Arbeitsgericht*. Das ist die erste Instanz, eine Stufe unter dem Landesarbeitsgericht. Ich versuche, es mal so kurz wie möglich zu machen. Sünderle ist vor zwei Jahren eine Etage höher gepurzelt. Die Stelle am LAG war allerdings ursprünglich nicht für ihn, sondern für Richter Kippstuhl vorgesehen gewesen. Sünderle hat es mittels einer perfiden Intrige geschafft, dass er anstelle des Kollegen befördert wurde.«

Dr. Staudts Miene hellte sich deutlich auf.

»Na, das nenne ich mal ein lupenreines Motiv! Gute Arbeit, Herr Diesner!«

Nun war es Erwin Schober, den das Mitleid ereilte. Väterlich nahm er Kai Diesner die Verkündung der schlechten Nachricht ab.

»Ja, Herr Dr. Staudt ... das stimmt ... Leider hat Friedemann Kippstuhl ein absolut wasserdichtes Alibi. Wir haben das doppelt und dreifach gecheckt.

Er scheidet als Täter also aus. Es sei denn, er hätte die Tötung in Auftrag gegeben. Aber Edeltraut, Sissy, Kai und ich sind uns einig darüber, dass wir ihm, angesichts seiner Position, eine derart riskante Geschichte eher nicht zutrauen. Er hat Sünderle zwar überwacht und auch ganz bestimmt versucht, ihm irgendwie mit dem, was er vermutlich herausgefunden hat, zu schaden. Aber dass er für seinen Tot verantwortlich ist, ist äußerst unwahrscheinlich.«

Jetzt herrschte eine tief resignierte Stille im Chatroom. Dr. Staudt sah plötzlich aus, wie ein Hamster. Langsam öffnete er ein wenig die Lippen und ließ in Begleitung eines sonderbaren Geräusches die Luft entweichen.

So emotional sieht man den Chef auch nicht alle Tage, dachte Sissy und erweiterte ihr Mitgefühl auf den Polizeipräsidenten.

»Na das ist ja alles in allem nicht sehr erquicklich. Zwei untergetauchte Zeugen, ein perfekter Verdächtiger mit einem noch perfekteren Alibi und ein Kommissar zu wenig im Team.«

Wie auf's Stichwort wurde die Tür aufgerissen und Eric Jahn betrat den Raum.

»Hallo zusammen!«

Lässig schlenderte er an den Tisch und setzte sich neben Kai Diesner.

»Herr Jahn! Was zur Hölle machen Sie denn hier?« Dr. Staudt rang nun endgültig um Fassung. Die anderen im Raum übertönten ihn allerdings, in dem sie Eric von allen Seiten lautstark und fröhlich begrüßten. Eric lächelte, was etwas seltsam aussah, da sein Gesicht immer noch deutlich erkennbare Spuren des Überfalls aufwies.

»Ruhe!«, brüllte Dr. Staudt.

Mit einem Schlag war es mucksmäuschenstill.

»Kollege Jahn ...« Die Stimme des Polizeipräsidenten war gefährlich leise und sein allseits bekannter Alligatoren-Blick verhieß ebenfalls nicht viel Gutes. »Soviel ich weiß, sind Sie am Sonntag Abend lebensbedrohlich verletzt worden und sollten deshalb im Krankenhaus sein. Oder anschließend, zur Rekonvaleszenz, zuhause. Aber ganz sicher nicht in diesem Raum oder überhaupt in diesem Gebäude!«

Erics Unschuldsmiene wollte nicht so recht zu seinem lädierten Gesicht passen.

»Na ja, ich wurde doch heute schon entlassen. Beziehungsweise ich hab das auf eigene Verantwort ...«

Weiter kam er nicht.

»Ja ist denn das jetzt die neueste Mode? Dass sich hier jeder selbst aus dem Krankenhaus entlässt? Wo kommen

wir denn da hin?«
Dr. Staudt war außer sich. Aber wie durch ein Wunder gelang es Eric, unter den bewundernden Blicken seiner Kollegen, seinen Vorgesetzten zu beruhigen.
»Nun gut. Aber Sie machen bis auf Weiteres Innendienst. Ich werde Sie gleich persönlich an Ihren Schreibtisch ketten. Und wagen Sie es nicht, sich auch nur einen Millimeter aus ihrem Büro herauszubewegen.«
»Auch nicht, wenn ich auf's Klo muss?«
»Na es scheint Ihnen ja tatsächlich schon wieder besser zu gehen, wenn Sie dermaßen freche Kommentare von sich geben können. Fräulein Ulmer ...«
Sissys Schmunzeln über Erics Einwurf verschwand mit einem Schlag aus ihrem Gesicht.
»... Sie sind dafür verantwortlich, dass Kollege Jahn sich an meine Anweisungen hält. Verstanden?«
Sissy gab nur ein undeutlich-schmollendes »Hm ja ja ...« von sich.
»Gut. Dann wäre das geklärt. Und bringen Sie Herrn Jahn bitte im Anschluss auf den neuesten Stand.«
Der Polizeipräsident blickte in die Runde.
»Soweit für jetzt, Herrschaften. Es sieht ganz danach aus, als sollten wir uns nochmal mit der Ex-Ehefrau des Opfers auseinandersetzen. Die vermutliche Erpressung unseres Rotlichtpaares ist zwar sehr interessant. Allerdings eher nicht, was den Mord betrifft. Man bringt schließlich nicht die Kuh um, die man melken möchte. Also scheint Frau von Neustätten im Moment die einzig mögliche Verdächtige zu sein. Ansonsten versucht die Spurensicherung bitte,

die Herkunft der Tatwaffe zu klären. Frau Schwämmle und Herr Schober konzentrieren sich auf das Gespann Jüngling / Jammertal und Herr Diesner ...«

Kai Diesner nahm Haltung an.

»... Sie arbeiten sich bitte durch die Urteile unseres Opfers. Den Beschluss zur Genehmigung auf Akteneinsicht habe ich hier.«

Mit den letzten Worten war er aufgestanden. Jetzt legte er im Vorbeigehen ein Schriftstück vor Kai Diesner auf den Tisch.

»Gutes Gelingen allerseits!«

Er war bereits an der Tür, da drehte er sich noch einmal um.

»Und Herr Jahn ... Sie wissen Bescheid!«

Ohne eine Antwort von Eric abzuwarten, verließ er den Raum.

- 19 -

Nachdem Sissy und Eric zurück in ihrem Büro waren und sie ihm alles erzählt hatte, was vor seinem Eintreffen im Chatroom besprochen worden war, sagten beide eine ganze Weile nichts. Dann klingelte das Telefon auf Erics Schreibtisch. Das Gespräch war kurz.
»Sie haben die Domina«, klärte er Sissy auf. »Hihi ... ich kann noch nicht mal an den Namen denken, ohne mich zu beömmeln.«
Dann wurde er wieder ernst.
»Irgendwie habe ich das Gefühl, dass wir auf dem völlig falschen Dampfer unterwegs sind.«
Eric gab immer noch ein einigermaßen bedauernswertes Bild ab. Sein Gesicht wies fast alle Farbschattierungen auf, die ein Maler auf seiner Palette haben konnte.
Sissy hatte Mühe, sich auf das Gespräch zu konzentrieren. Der Schock über den brutalen Angriff auf ihn, saß ihr nach wie vor in den Knochen. Und die Wut, die sie zum ersten Mal auf der Intensivstation verspürt hatte, waberte permanent im Hintergrund ihres Bewusstseins.

Sie atmete einmal tief durch.

»Ja ... mir geht es genauso. Aber du warst dir doch vor ein paar Tagen noch so sicher, dass es die von Neustätten gewesen ist. Woher kommt denn dein plötzlicher Sinneswandel?«

»Na ja, wie du weißt, hatte ich viel Zeit, nachzudenken. Das passt irgendwie nicht. Sie hat den Eiter auf ihren Ex angesetzt. Und der hat wochenlang recherchiert. Sie hat also, genau wie dieser Richterkollege von Sünderle, versucht, Material zu finden, das sie gegen ihren ehemaligen Gatten verwenden kann ... um ihn zu erpressen oder ihm anderweitig zu schaden. Aber wenn sie ihn hätte umbringen wollen, hätte sie das wohl eher sofort getan ... oder einen Auftragskiller angeheuert. Meinst du nicht auch?«

Sissy dachte kurz über das, was sie soeben gehört hatte nach, da schob Eric noch einen Satz hinterher.

»Oder sollte es sich hier etwa um einen Fall von weiblicher Logik handeln, die ja, bekanntermaßen, ein Widerspruch in sich ist?«

Er wirkte vollkommen ernst, als er das sagte, aber Sissy konnte das schelmische Funkeln in seinen Augen deutlich erkennen.

»Also dafür, dass dein nordisches Antlitz im Moment sehr stark an das buntklecksige, wasserfarbene Erstlingswerk eines Dreijährigen erinnert, spuckst du ganz schön freche Töne ... mein Lieber.«

»Tja, min Deern ... hättest eben besser auf mich aufpassen müssen ...«

Mit einem Schlag, hatte die frotzelig-unbeschwerte Stimmung den Raum verlassen.
»Eric ... bitte nicht! Ich mach mir selbst schon genug Vorwürfe.«
»He! Nimm sofort diese steile Sorgenfalte aus deinem Gesicht. Sonst leg ich dich über's Knie ... Du kannst da nichts füah ...«
Auch Eric Jahn neigte dazu, in Heimatsprache zu verfallen, wenn er emotional wurde. Die einzige Gemeinsamkeit, die er mit Wolfgang Faul hatte. Er stand auf, umrundete die sich gegenüberstehenden Schreibtische und zog Sissy von ihrem Stuhl in die Höhe. Dann nahm er sie in die Arme und drückte sie sanft an sich.
»Und geweint wird hier schon mal überhaupt nicht!«
Den linken Arm immer noch fest um ihre Taille geschlungen, lehnte er sich ein kleines Stück nach hinten und wischte ihr mit der rechten Hand vorsichtig die nassen Spuren aus dem Gesicht.
Da er Sissy um mehr als einen Kopf überragte, musste sie ihren in den Nacken legen. Einige Sekunden sahen sie sich einfach nur schweigend in die Augen.
Plötzlich, wie von unsichtbaren Magnetfeldern gesteuert, bewegten sich ihre Lippen aufeinander zu.
»Autsch! Mist verdammter ... das war keine gute Idee ...«
Der ramponierte Zustand von Erics Gesicht, war von beiden für einen kurzen, magischen Moment vergessen worden.
Er zog eine schmerzverzerrte Grimasse und sie lösten sich voneinander.

»Ja, du hast Recht. Das war keine gute Idee ... im wahrsten Sinne des Wortes«, sagte Sissy mit belegter Stimme. Sie floh zur Tür und öffnete sie hektisch.
»Sorry, tut mir leid. Ich brauch mal kurz frische Luft.«
Während sie sich hinter dem Gebäude mit leicht zittrigen Händen eine Zigarette anzündete, fuhren ihre Gedanken und Gefühle Achterbahn.
»Krieg ich auch eine?«
Ihre Kollegin Sabrina Schönlebeber stand plötzlich neben ihr.
Sissy zuckte zusammen.
Sabrina bedachte sie mit einem Blick, der gleichermaßen Neugier und Besorgnis erkennen ließ.
»Was ist denn mit dir passiert? Du siehst aus, als hätte dich ein Bus gestreift ...«
»Hm? Was? Ja, klar. Hier, bedien dich.«
Sissy drückte Sabrina die Schachtel in die Hand.
»Danke. Und wenn du mir dann noch sagen könntest, was mit dir los ist ...?«
Sissy winkte ab.
»Ach nichts ...«
»Ja, klar! Du hast glasige Augen, bist total schreckhaft und fahrig und siehst aus wie ein Kaninchen wenn es donnert ... aber es ist nichts. Das Märchen kannst du jemand anders auftischen, aber nicht mir. Ich arbeite nämlich bei der Kriminalpolizei.«
Sissys Grinsen sah ein bisschen verunglückt aus.
»Ach Brini ...«
»Ja, so heiß ich. Ich höre?!«

»Okay, okay. Ist ja schon gut. Aber du behältst es für dich. Versprochen?«
»He! Hab ich schon jemals eines unserer Geheimnisse ausgeplaudert? Du weißt ganz genau, dass ich verschwiegen bin wie ein dunkles, tiefes Grab. Also ... schieß los!«
»Eric und ich ... wir haben uns ... geküsst.«
»Aha. Und sonst?«
Sissy sah sie verwirrt von der Seite an.
»Wie meinst du das, und sonst?«
»Na ja ... für mich ist das einzig Überraschende an diesem Ereignis, dass es so lange gedauert hat, bis es mal passiert.«
»Wie bitte? Wie meinst du das?«
»Sei mir nicht böse, aber selbst ein blinder mit Krückstock könnte erkennen, dass ihr beide mehr füreinander seid als nur Kollegen. Und das ist auch nicht erst seit vorgestern so ...«
Sissy hatte es für einen Moment die Sprache verschlagen. Sabrina lächelte sie aufmunternd an. Dann strich sie Sissy sanft eine Haarsträhne hinters Ohr, die sich aus deren Pferdeschwanz gelöst hatte.
»Tja, Süße, so ist das manchmal mit der Liebe. Die Außenstehenden merken es lange bevor es einem selbst bewusst wird.«
Sissy riss entsetzt die Augen auf.
»Eeeecht? Die anderen wissen es alle?«
Sabrina nahm einen tiefen Zug aus ihrer Zigarette und überlegte kurz.

»Ich denke, dass es zumindest alle ahnen ... na ja, alle bis auf Wolfgang vielleicht. Der brummkreiselt sowieso immer nur um sich selber.
Außerdem glaub ich, dass der gar nicht weiß, was das ist ... Liebe.«
»Aber ... wie soll das denn funktionieren? Wir müssen zusammen arbeiten. Das kann doch nur schiefgehen.«
In Sissys Stimme lag jetzt die pure Verzweiflung.
»Wieso denn?«, fragte Sabrina gelassen. »Bei Edeltraut und Erwin klappt es doch auch ganz hervorragend. Und zwar, wie du weißt, schon seit vielen Jahren.«
Bevor Sissy etwas erwidern konnte, drückte Sabrina ihre zu Ende gerauchte Zigarette aus und hakte sich bei ihr unter.
»Apropos Edeltraut und Erwin ... die beiden verhören gleich den Jüngling und die Jammertal. Das sollten wir nicht verpassen.«
Als sie die Tür zum Nachbarzimmer des Verhörraums zwei erreicht hatten, drehte sich Sabrina noch einmal zu Sissy um.
»Mach dir nicht so einen Kopf. Versuch doch einfach, wenigstens ein bisschen, das schöne Gefühl zu genießen. Alles andere wird sich finden.
Wirst schon sehen ...«

- 20 -

Zwei Stunden später saßen die Mitarbeiter der Stuttgarter Mordkommission, wie meistens etwas abseits, an drei zusammengeschobenen Tischen, hinter einer ausladenden Palme in der Kantine.
Zwischen Sissy und Eric bestand, räumlich gesehen, der größtmögliche Abstand, was jedoch angesichts der angespannten Stimmung niemand so richtig bemerkte. Abgesehen von Sabrina Schönleber. Aber deren fragender Blick war von Sissy mit einem entsprechenden beantwortet und zum Schweigen gebracht worden.
»Mannmannmann ...«, stöhnte Edeltraut Schwämmle. »Die zwei sind echt das Letzte!«
Ihr Partner, im Team und im Leben, nickte ihr aufmunternd zu. Aber auch er wirkte erschöpft.
»Ja, meine Gutste ... da hast du ein wahres Wort gelassen ausgesprochen.
Das »Dream-Team« des Präsidiums hatte alles gegeben. Aber das ebenso verpartnerte, allerdings dubiose Rotlichtpärchen hatte gemauert bis zum bitteren Ende. Dimitri Jüngling hatte gebetsmühlenartig wiederholt, er

wisse nichts von irgendeinem Überfall. Schon gar nicht von dem, auf einen Polizeibeamten.

»Ich bin ein anerkannter Bürger dieser Stadt. Ich zahle pünktlich meine Steuern und schaffe durch mein Unternehmen Arbeitsplätze. Und jetzt möchte ich meinen Anwalt sprechen. Sofort!«

Zu den Videos, die auf seinem beschlagnahmten Laptop gefunden worden waren, gab er lediglich achselzuckend den kühlen Kommentar ab: »Das kann mir sonst wer untergeschoben haben. Wissen Sie ... es gibt soviel Neid in dieser Stadt ... in diesem Land ...«

Seine Lebensgefährtin hatte noch eine Spur abgebrühter gewirkt.

»Ja sicher kenne ich den Reiner ... waaas? Der ist tooot? Das ist ja entsetzlich!«

Ein paar kunstvoll in Szene gesetzte Krokodilstränen später, meinte sie lapidar: »Ja ja, der Reiner mochte es halt gerne ein bisschen härter. Aber das ist, soviel ich weiß, nicht strafbar. Er war ein guter Kunde ... kam regelmäßig und zahlte pünktlich ... wissen Sie Herr Kriminalpolizist, das ist heutzutage nicht selbstverständlich ... Was für Videos? Nein, keine Ahnung. Wirklich nicht! Ich würde Ihnen gerne helfen. Ganz ehrlich!«

An dieser Stelle war Sissys mittlerweile fast verschwundene Übelkeit zurückgekehrt. Gemeinsam mit Sabrina, Kai und Eric hatte sie die parallel laufenden Verhöre über den Monitor beziehungsweise durch die einseitig verspiegelte Glasscheibe verfolgt.

Wenn Menschen doppelt und dreifach betonen, wie ehrlich sie doch sind, trifft in der Regel das Gegenteil zu, dachte sie, während ihr Magen lautstark gegen diese, just von Augen und Ohren wahrgenommene Lüge protestierte.

Das Gespräch am Kantinentisch nahm nun Fahrt auf. Alle sprachen irgendwie wild durcheinander.
»Das bringt doch nichts ...«
»... kommen keinen Schritt weiter ...«
»Diese ausgekochten Milieu-Arschgeigen sollte man ...«
»Vielleicht war es doch die Ex ...«
»Ach i wo ... die hätte das doch niemals ...«
Als es für einen kurzen Moment still war, nutzte Eric Jahn die Gelegenheit.
»Wo war eigentlich Monsieur Super-Anwalt, um seinen Sohn aus dem Sumpf zu ziehen? Wundert mich schon, dass der Chef keinen Anruf von höherer Stelle erhalten hat. Und der Herr Papa ist auch nicht persönlich bei uns aufgekreuzt ... und das obwohl sein Filius lange und ausführlich genug mit ihm gedroht hat.«
Plötzlich teilte sich die große Fächerpalme, die den Bereich, in dem die kleine, inoffizielle Versammlung stattfand, vom restlichen Areal der Kantine abtrennte.
Das Gesicht des Polizeipräsidenten kam zum Vorschein. Er hatte ein verschmitztes Lächeln auf dem Gesicht, das man auch nicht alle Tage bei ihm entdecken konnte.
»Was diese Frage betrifft, Herr Jahn ... da kann ich Ihnen gerne weiterhelfen.«

Die Palmenblätter sprangen zurück in ihre ursprüngliche Form. Dr. Staudt umrundete den ausladenden Pflanzenkübel und setzte sich auf den einzigen freien Platz neben Sissy.
Alle Augen ruhten auf ihm.
In der inoffiziellen Atmosphäre mit Freizeitcharakter wirkte er, zu Sissys Erstaunen, etwas befangen. Dennoch hatte sie das Gefühl, dass er es genoss, auch außerhalb der Diensträume Teil der eingeschworenen Gemeinschaft zu sein.
»Ich dachte ...«, begann er mit leichtem Zögern, »... nun, ich hatte da so eine Ahnung. Mir war sowohl bekannt als auch bewusst, mit welcher Art Familie wir es hier zu tun haben. Ich hab direkt nach dem ersten Auftauchen des Namens Jüngling im Innenministerium angerufen. Der Hugo, ich meine der Herr Innenminister Müller und ich ... wir kennen uns vom Golfen. Ich konnte ihm vermitteln, dass Jüngling Junior eine Gefahr für die Stuttgarter Bevölkerung darstellt, da er den Rechtsstaat attackiert hat. Ein Angriff auf einen Polizeibeamten ist schließlich, egal ob selbst ausgeführt oder in Auftrag gegeben, kein Pappenstiel! Er hat mir versichert, dass er uns in jeder erdenklichen Weise den Rücken freihalten wird. Auch, und ganz besonders im Hinblick auf einen gewissen Juristen, der, wenngleich er ein naher Verwandter des in U-Haft Sitzenden ist, ja schließlich auch einen guten Ruf zu verlieren hätte ...«
Als der anschließende, spontan aufgebrandete Applaus abgeebbt war und auf dem Gesicht des Polizeipräsidenten

immer noch ein bescheiden beschwichtigendes Lächeln zu sehen war, konnte Sissy sich beim besten Willen nicht mehr daran erinnern, wer als erster angefangen hatte, zu klatschen.

- 21 -

Endlich kommt das langersehnte Gewitter, dachte Sissy. Sie saß schweißgebadet in ihrem Wintergarten und freute sich schon jetzt auf das Grollen des Donners und die hellen Blitze.
Sie liebte Gewitter.
Leider kamen sie in Sissys Augen viel zu selten einmal in Bad Cannstatt vorbei. Einige Winzer und große Autokonzerne aus der näheren Umgebung sahen das allerdings völlig anders. Sissy hatte immer wieder beobachtet, dass sobald Unwetter angekündigt waren und sich eine Wolkenfront näherte, kleine Flugzeuge über der Gegend kreisten.
Irgendwann war sie auf einen Bericht gestoßen, in dem stand, dass es sich hierbei um sogenannte »Hagelflieger« handelte. Flugzeuge, die gemeinschaftlich von Weinbauern und Autoherstellern bezahlt und beauftragt wurden, in die Wolken zu fliegen, um diese, mit Hilfe chemischer Substanzen zu zerstören. Und zwar damit eventuell niedergehender Hagel nicht die Trauben, beziehungsweise die Karosserien der zu hunderten im freien abge-

stellten, nagelneuen PKWs beschädigte.

Sissy konnte die Motivation für diese Maßnahme zwar verstehen, vor allem im Hinblick auf die Weinbauern, deren Existenz teilweise von jeder einzelnen, unbeschädigten Traube abhing. Trotzdem war ihr dieser Eingriff in die Natur zutiefst zuwider, denn sie hatte oft beobachtet, dass sich die Wolken durch die Flug-Einsätze komplett auflösten, was wiederum zur Folge hatte, dass der von der Natur dringend benötigte Niederschlag in Gänze ausblieb. Davon abgesehen wurde auch die stickige Luft im Talkessel von dieser Art wirtschaftlich begründetem Aktionismus alles andere als besser.

Aber da die Dämmerung bereits eingesetzt hatte, das wusste Sissy mittlerweile auch, war es der Hagelflieger-Flotte nicht mehr möglich, in die Lüfte zu steigen. Und sie freute sich schon darauf, fast nackt, im strömenden Regen zu tanzen. Just in diesem Moment war sie allerdings vollkommen überhitzt und fand die schwüle Luft fast noch schlimmer als die brütende Hitze, die ihr in den letzten Wochen so sehr zu schaffen gemacht hatte. Als die erste Böe aufkam und durch das große, geöffnete Schiebefenster des Wintergartens fegte, klingelte Sissys Mobiltelefon. Es war Kai Diesner.

»Huhu, Kai. Na, was gibt's? Hast du etwa Angst vor Gewittern? Du weißt ja ... Eichen sollst du weichen, Buchen sollst du ...«

»Pssscht!«, zischte es Sissy leise aus dem Telefon entgegen.

Sie merkte unmittelbar, dass etwas nicht stimmte. Trotz

der mittlerweile unerträglichen, schwül-heißen Luft, bekam sie eine Gänsehaut.
»Was ist los?«
Kai Diesner flüsterte einige Worte in Sissys Ohr.
»Kannst du bitte lauter sprechen? Ich kann dich kaum verstehen ...«
Die Lautstärke am anderen Ende der Leitung wurde minimal erhöht, aber bei Sissy kamen nur Bruchstücke an.
»Geht nicht ... bin ... dass i ... Empfang ... Keller des LAG. Ich wollte ... Akten von Sünder ... Fällen besorgen, weil die ... gitale Übertragung den gan ... Tag nicht ... tioniert hat ... schleicht einer herum, ... offensicht ... dasselbe vor hat wie ich ... Eric ist schon ... Komm ... te ... schnell!«
Sissys Nackenhaare standen senkrecht.
»Was? Eric? Nein. Der soll ... der darf doch nicht ...«
Kai Diesner konnte sie jedoch nicht mehr hören. Er hatte das Gespräch bereits beendet.
Scheiße, dachte Sissy. Dann flog sie förmlich die vier Etagen abwärts, warf sich in ihr Auto und fuhr mit viel zu hoher Geschwindigkeit Richtung LAG.

Sie stellte ihren Wagen neben der Einfahrt zur Hofdiener-Garage ab. Sie rannte, bis sie den Eingang des Landesarbeitsgerichtes erreichte. Der Wind hatte jetzt kräftig zugelegt und blies, in spürbar geringer werdenden Abständen, durch die Straßen. Mittlerweile war es stockdunkel. Der Himmel wurde jedoch immer wieder durch beeindruckende Blitze erhellt, die aus den unterschiedlichsten Richtungen zu kommen schienen. Die

Zeitspanne zwischen Donnergrollen und gespenstisch wirkendem Aufleuchten wurde stetig kürzer. Das Gewitter hatte Stuttgart fast erreicht.

Sissy wartete einen kurzen Moment, bis ihre Atmung sich beruhigt hatte.

Dann zog sie vorsichtig am rechten Griff des zweiflügeligen, gläsernen Eingangsportals. Es war offen. Sissy schlüpfte lautlos ins Gebäudeinnere.

Als sie durch das dunkle Foyer schlich, bemerkte sie plötzlich aus dem Augenwinkel eine Gestalt.

Sie richtete ihre Waffe, die sie bereits entsichert in den Händen hielt, auf die Person, die neben der Empfangstheke kauerte. Der Mann hob langsam die Hände und flüsterte: »Bitte nicht schießen! Ich bin es ... der Hausmeister.«

»Wo geht's lang?«, zischte Sissy zurück, während sie die Pistole sinken ließ. Der Mann verharrte in seiner tiefergelegten Stellung, ließ langsam die Hände sinken und zeigte dann mit dem rechten Arm auf eine Tür neben dem Aufzug.

Sissy nickte.

»Bleiben Sie, wo Sie sind. Verstärkung ist unterwegs.«

Durch ein nur von der Notausgangsbeleuchtung spärlich erhelltes Treppenhaus gelangte sie in den Keller. Auch hier waren die Lichtverhältnisse dürftig. Trotzdem wurde Sissy schlagartig bewusst, dass sie sich in einem unübersichtlichen Labyrinth befand.

Mist! Soll ich jetzt links oder rechts ...

Es knallte.

Sissys Puls, der schon zuvor jenseits der Norm gewesen war, begann zu rasen.

Sie bewegte sich, die Waffe gestreckt und nach unten haltend, in die Richtung, aus der der Schuss gekommen war, da ertönte bereits der zweite.

Eine laute Stimme brüllte: »Halt! Stehenbleiben!«

Sie drückte sich vor der nächsten Abzweigung des Ganges mit dem Rücken an die Wand, wartete einen Moment und lauschte. Als es still blieb, löste sie sich von der Mauer und drehte sich mit gezogener Waffe, halb um die eigene Achse, an der Ecke vorbei, in den angrenzenden Flur.

Er stand direkt vor ihr.

Sissy hatte plötzlich das Gefühl, jemand hätte die Zeit angehalten.

Doch dann ging alles ganz schnell.

Hinter der großen, drahtigen Gestalt, die ihr reglos gegenüber stand, tauchten, in zirka fünfzig Metern Abstand, Eric und Kai Diesner auf.

»Legen Sie sich flach auf den Boden und nehmen Sie die Hände hinter den Rücken!«

Erics Stimme klang wie ein Schraubstock. Sissy erkannte sie kaum wieder.

Sie hatte noch immer die Waffe auf den vor ihr Stehenden gerichtet.

»Hinlegen! Sofort!«

Jetzt war es ihre eigene Stimme, die ihr fremd vorkam.

Als sich die Gestalt ein winziges, kaum wahrnehmbares Stück auf Sissy zubewegte, fiel der dritte Schuss.

- 22 -

»Stand der Dinge?«, fragte Polizeipräsident Dr. Staudt nur knapp.
Sissy, Eric und Kai Diesner saßen im Büro. Alle drei waren, nachdem das Adrenalin sich langsam aus ihren Körpern verabschiedet hatte, müde und erschöpft. Sissy unterdrückte ein Gähnen, denn das Telefon auf Erics Schreibtisch war auf Lautsprecher gestellt.
Eric, von Sissys Gähn-Attacke angesteckt, versuchte sich zusammenzureißen und dynamisch zu klingen, als er antwortete.
»Wir haben ein Geständnis. Der von uns festgenommene Rumäne, der Vorarbeiter dieses Putztrupps war, hat zugegeben, Reiner Sünderle ermordet zu haben.«
»Glaubwürdig?«, hallte es einsilbig aus dem Telefon.
»Ja. Die Öffentlichkeit wusste nichts von der Betäubung mit den k.o.-Tropfen. Er schon ... Allerdings hat er sich geweigert, uns den genauen Ablauf der Tat ...«
»Ja, ja. Schon gut. Das lese ich dann in Ihrem Bericht.«
Oh Mann! Ist der sauer, dachte Sissy. Sie konnte es ihrem Vorgesetzten nicht verübeln. Schließlich hatte Eric

von ihm persönlich die strikte Anweisung erhalten, ausschließlich Innendienst zu machen. Stattdessen hatte er sich erneut in eine gefährliche Situation begeben. Wobei er mit letzterem nicht alleine war.

»Das man in so einem Fall wartet, bis die entsprechenden Einsatzkräfte vor Ort sind, ist den Herrschaften scheinbar unbekannt?«

Als Dr. Staudt nicht sofort eine Antwort bekam, setzte er nach.

»Nun gut ... darüber werden wir ein anderes Mal zu sprechen haben.

Schließlich ist es mitten in der Nacht. Motiv?«

Jetzt meldete sich Kai Diesner zu Wort.

»Ich habe die Akte, die Neculai Popescu zu entwenden versucht hat, nur kurz überflogen ...«

»Kurz ist sehr gut, Herr Diesner! Also, ich höre?«

»Es handelte sich um ein Revisionsverfahren. Cosmin Popescu, der Sohn des Tatverdächtigen, hatte seinen Arbeitsplatz bei einer Bank verloren. Er hatte daraufhin gegen die Kündigung geklagt. Zunächst, wie üblich vor dem Arbeitsgericht. Diesen Prozess hatte er auch gewonnen. Aber die Bank ist in Berufung gegangen. So landete der Fall beim LAG, genauer gesagt, bei Reiner Sünderle.«

»Lassen Sie mich raten ... er hat das Verfahren verloren.«

Kai Diesner nickte, obwohl sein Vorgesetzter ihn gar nicht sehen konnte.

»So ist es, Herr Dr. Staudt.«

»Gut, gut. Aber ist das ein Grund, jemanden umzubringen?«

»Vielleicht ...«, antwortete Kai Diesner schüchtern. »... ich weiß es nicht. Aber in dieser Geschichte ging es nicht nur um einen verlorenen Gerichtsprozess. In den Akten steht, dass Cosmin Popescu, vor drei Jahren mehrere Monate arbeitsunfähig gewesen war.
Grund hierfür waren Depressionen. Ausgelöst durch den plötzlichen Kindstod, seiner einzigen, damals drei Monate alten Tochter. Seine Ehe hat diese Tragödie nicht überstanden. Nach dem er fast ein halbes Jahr im Krankenstand gewesen und danach an seinen Arbeitsplatz zurückgekehrt war, hat ihn die Bank, mittels einer völlig fadenscheinigen Begründung, fristlos entlassen. Er ist, wie gesagt, gerichtlich gegen diese Entscheidung vorgegangen und hat auch vor dem Arbeitsgericht gewonnen. Aber die ganze Geschichte, inklusive Berufungsverfahren hat sich über zwei Jahre hingezogen. Ich kann an dieser Stelle nur spekulieren, aber für jemanden, der sowieso schon so sehr vom Leben gebeutelt war, dürfte das eine ziemlich schlimme, zermürbende Angelegenheit gewesen sein. Fakt ist, nachdem Reiner Sünderle das Urteil des Arbeitsgerichts »kassiert« hatte, und zu Gunsten der Bank entschieden hat, hat Cosmin Popescu Selbstmord begangen.«
Die Stimme aus der Telefonanlage war für ein paar Momente genauso verstummt, wie alle anderen, die sich tatsächlich im Raum befanden.
Dann meldete sie sich zurück.
»Das ... ist ein Motiv!«

Und nach kurzem Zögern fügte der Polizeipräsident hinzu: »Das sind sogar gleich eine ganze Hand voll.«

- 23 -

Schon wieder im Krankenhaus! Hört das denn gar nicht mehr auf?
Sissy schüttelte sich innerlich. Wobei das, was sie dachte, so eigentlich gar nicht stimmte. Sie und Eric befanden sich lediglich in einem Zimmer der Krankenstation der Justizvollzugsanstalt Stuttgart-Stammheim.
Der mit Handschellen an das Stahlgestell gefesselte Mann saß aufrecht im Bett. Sein rechtes, bandagiertes Bein lugte unter der weißen, dünnen Decke hervor.
»Was wollen Sie denn noch? Sie wissen alles ... Es ist genug.«
Die Autorität, die er ausstrahlte, konnte nicht über seine Erschöpfung hinwegtäuschen. Und dann war da noch etwas anderes. Sissy spürte plötzlich eine tiefe, unterschwellige Trauer, die ihr bereits bei der ersten Begegnung mit Neculai Popescu aufgefallen war. Allerdings hatte sie dieses Gefühl, zum damaligen Zeitpunkt, im Aufenthaltsraumes des LAG, nicht richtig einordnen können.
»Ja, Herr Popescu. Es ist richtig, dass uns gewisse Fak-

ten mittlerweile bekannt sind. Wir haben die Unterlagen bezüglich des Gerichtsverfahrens Ihres Sohnes gelesen. Und uns ist auch klar, was Ihr Motiv war, Reiner Sünderle zu ermorden. Aber einige wichtige Puzzle-Teile fehlen uns noch ...«
»Wie nennen Sie das? Ein Puzzle ...?«
Die Stimme des Rumänen hatte deutlich an Kraft gewonnen.
»Ein Puzzle ist ein Spiel. Das, was dieses Monster meinem Sohn angetan hat, ist KEIN SPIEL! Cosmin ist gestorben. Und dieser Richter ...«, er spuckte das Wort förmlich aus, »... ist dafür verantwortlich. Und jetzt gehen Sie!«
Mittlerweile hatte er sich regelrecht aufgebäumt. Jedenfalls soweit es die Fesselung seines Handgelenkes zuließ.
»RAUS! HAUEN SIE AB!«, brüllte er, und die Speichelfetzen flogen nur so aus seinem Mund. Über das verzerrte Gesicht rannen Tränen.
Dann sank der Rumäne erschöpft nach hinten.
Plötzlich wurde der Vorhang, der das Krankenbett von den anderen abschirmte, ruckartig zur Seite gerissen.
»So Herrschaften. Es reicht! Wenn Sie noch weitere Fragen haben, müssen Sie damit warten, bis der Angeschossene sich erholt hat. Mordverdächtiger hin oder her ... so geht das nicht. Ich habe keine Lust darauf, hier gleich jemanden reanimieren zu müssen. Bitte gehen Sie jetzt.«
Der Blick der diensthabenden Krankenschwester ließ ganz klar erkennen, dass man mit ihr nicht verhandeln konnte.

»Schon gut, schon gut. Wir gehen. Aber wir werden noch mal mit ihm sprechen müssen!«, sagte Eric.

Als sie schon fast an der Tür waren, drehte sich Sissy noch einmal zu Neculai Popescu um.

Er war zurück in sein Kissen gesunken und starrte mit leeren, glasigen Augen an die Decke.

Sissy empfand plötzlich tiefes Mitgefühl.

Er hat alles verloren, dachte sie. Seine Heimat, seinen Beruf und seine Würde. Dann, viele Jahre später, seine Enkeltochter und seinen Sohn. Und jetzt auch noch seine Freiheit.

Sie schluckte den dicken Kloß, den sie im Hals hatte, hinunter. Dann drehte sie sich um und verließ, zusammen mit dem ebenfalls sehr stillen Eric Jahn die Krankenstation.

- 24 -

Eigentlich war für Sissy die Welt wieder einigermaßen in Ordnung. Ihren Schmerz und ihre Wut über die global herrschende Ungerechtigkeit im allgemeinen sowie eine gewisse juristische Willkür im besonderen, hatte sie für einige Stunden erfolgreich verdrängen können. Dr. Staudt hatte dank des Ermittlungserfolges Milde walten lassen, angesichts des nicht ganz vorschriftsgemäßen Handelns seines, wie er sich ausgedrückt hatte, »Trio infernale«.
Der Wetterumschwung hatte die unerträgliche Hitze aus dem Stuttgarter Talkessel vertrieben und der Mord-Fall war abgeschlossen.
Die Domina Divina Jammertal saß, ebenso wie ihr Lebensgefährte, immer noch in Untersuchungshaft und wartete auf ihren Prozess. Das zu erwartende Strafmaß würde in ihrem Fall allerdings deutlich geringer ausfallen als bei Dimirti Jüngling, dem neben gemeinschaftlicher räuberischer Erpressung eines Richters auch noch der versuchte Totschlag an einem Polizeibeamten zur Last gelegt wurde.

Zwischen ihr und Eric herrschte wieder die übliche Unbefangenheit und sie saß, gemeinsam mit dem gesamten Team der Mordkommission im wie immer vollbesetzten, äußerst geschmackvoll eingerichteten Saal des edlen Restaurants »Stuttgarter Höhe«.

Dr. Staudt hatte eingeladen und alle waren gekommen. Er tat dies beileibe nicht nach jeder erfolgreich abgeschlossenen Ermittlung. Aber dieser Fall war, aus verschiedenen Gründen, ein außergewöhnlich heikler gewesen.

»Liebe Kollegen. Vielen Dank. Das war einmal mehr eine besonders harte Nuss, die wir da zu knacken hatten. Auf einen schönen Abend. Prost!«

Sissy freute sich über die Kürze der Ansprache, denn sie hatte Hunger. Ihr Magen knurrte laut und verlangte nach seinem guten Recht. Sie freute sich wie ein kleines Kind auf das köstliche Fünf-Gänge-Menü. Selig nippte sie an ihrem Aperitif, einem exklusiven Champagner mit leichter Ananas-Note und erwiderte fröhlich das Zwinkern von Kai Diesner, der ihr gegenüber saß.

Aber unterschwellig spürte sie, dass trotz der angenehmen Atmosphäre, eine gewisse Spannung in der Luft lag. Irgendetwas wird passieren, dachte sie.

Einige Minuten später, als die munteren Gespräche am Tisch in vollem Gange waren und die Vorspeise serviert wurde, wusste sie warum.

Wolfgang Faul war schon den ganzen Abend äußerst schweigsam gewesen und machte kein besonders freundliches Gesicht. Aufgefallen war das bis zu diesem Zeit-

punkt niemandem, weil das sozusagen Normalzustand war, beim Chef der Spurensicherung.
Als für einen Moment, eine Art gefräßige Stille herrschte, weil sich alle über die himmlisch duftende, schwäbisch-asiatische Maultaschen-Shrimps-Suppe hermachten, ergriff der »alte Spürhund« das Wort.
»Also i find, die ghöret älle an de Füß verkehrt rom aufghängt ... kommet doher, in unser schönes Ländle und lasset die Sau raus. Läbet auf unsre Koschte, brenget unsere Leut um und mir dürfet hinderdrei der Dreck wegmache ... und der Rescht muss es deuer zahle, mit Schdeurgelder. Des isch fei a Skandal!«
Einer nach dem anderen in der Runde, ließ langsam den Löffel sinken.
»Der einzige Skandal, den ich im Moment, erkennen kann, Wolfgang ... bist du!«
Sissy hatte den Satz nicht besonders laut ausgesprochen. Trotzdem waren alle anderen Gespräche im Raum abrupt beendet worden. Einzig, die dezente Hintergrund-Musik war noch zu hören. Ansonsten herrschte vollkommene Stille. Selbst die umher schwebenden Mitarbeiter des Sternelokals schienen wie zur Salzsäule erstarrt. Alle Augen schienen plötzlich auf den runden Tisch gerichtet, an dem die zuvor so dezent ausgelassene Stimmung, zu kippen drohte.
»Herrschaften ... bitte ...«, Dr. Staudts Stimme hatte einen fast flehenden Unterton.
Wolfgang Faul sah aus wie ein Karpfen, der nach Luft schnappt.

»Ist schon gut, Herr Dr. Staudt. Ich möchte den schönen Abend wirklich nicht verderben. Und ich brauche auch keine große Bühne, um dem lieben Wolfgang einmal richtig meine Meinung zu sagen. Aber ...« Sissy wendete sich jetzt direkt an den Chef der Spurensicherung. »... für hier und heute gilt: Noch so ein dummer, unqualifizierter Kommentar von dir, und ich stehe auf und geh.«
Der Rotbarsch schloss den Mund.
Dann, als wäre nichts geschehen, nahm Sissy ihren Löffel wieder in die Hand und aß genüsslich weiter.
Den anerkennenden, vielleicht auch etwas verliebten Blick, den ihr Eric von der Seite zuwarf, verpasste sie leider.

- EPILOG -

»Was hast du denn da Schönes? Von wem ist die?«
Eric Jahn, dessen Gesicht man nicht mehr auch annähernd ansehen konnte, wie es vor wenigen Wochen zugerichtet worden war, grinste.
»Sei nicht immer so neugierig.«
In den Händen hielt er eine Postkarte, auf der Sissy türkisblaues Wasser erkennen konnte. Sie hatte zuvor nur kurz einen Blick auf die kleinen, zusammengedrängten Buchstaben auf der Rückseite erhaschen können.
»Eine Verehrerin?«, fragte sie munter.
Du wirst doch wohl nicht glauben, dass ich wegen dir auf meine alten Tage noch Eifersuchtsgefühle entwickle, mein Lieber, dachte sie bei sich.
Eric spielte das Spiel mit.
»Vielleicht ...«
Mit einem Hechtsprung warf Sissy ihren Oberkörper über den Schreibtisch und versuchte ihm die Ansichtskarte aus der Hand zu reißen. Aber er war schneller. Wie zwei wild gewordene Kinder jagten sie, hintereinander her, durch das gemeinsame Büro.

»Ich geb auf!«, keuchte Sissy nach ein paar Minuten und ließ sich hechelnd auf ihren Stuhl fallen.
Eric, der überhaupt nicht außer Atem war, setzte sich ebenfalls.
»Na gut. Weil du's bist ... die ist von unserer verschlossenen, verschollenen Auster.«
Sissy, die noch immer nach Luft rang, warf ihm einen verständnislosen Blick zu.
»Von wem, bitte? Ich glaube, du hast doch etwas zurückbehalten ... pfff, an Hirnschäden, oder so ...«
»Nich frech werden, min Deern! Sonst musst du dumm sterben.«
Triumphierend wedelte er mir der Karte.
»Ist ja schon gut. Ich ergebe mich! Holder, edler Kollege, bitte sage mir ... wer hat geschrieben? Und vor allem ... was?«
»Siehste ... geht doch! Die Karte ist aus Serbien. Klingelt's?«
»Nöhöö! Spuck es endlich aus!«
Als Eric ihr scherzhaft mit dem Zeigefinger drohte, fügte sie hinzu:
»Bitte!«
»Madalena Dragic hat uns einen Urlaubsgruß geschickt.«
»Die Putzfrau aus dem LAG?«
»Jepp! Genau die!«
»Aha ... und was schreibt die Gute?«
»Pass auf! Ich les vor:
An Polizei Stuttgart Mord. Entschuldigen, dass i weggegangen mit meine Mann. Aber i so Angschd ghabt vor

Neculai ... i ihn eigentlich immer möge.
Aber i gesehe, was passiert ist mit Richter. Und Neculai gewusst, dass i wisse von Fall von sein Sohn. I eigentlich nix geglaubt, dass mir was tut. Aber trotzdem Angschd war große. Und i nix wollte sage auch, weil der Necu soviel Schmerz gehabt in seine Läbe. Bitte nochmal Entschuldigung.
Viele Grieße. Madalena Dragic.«

DIE AUTORIN

Sibylle Gugel erblickte 1972 in Stuttgart das Licht der Welt, wuchs jedoch in Schwäbisch Hall auf.
Nach einem kleinen Umweg über Paris, kam sie 1992 zurück in ihre Geburtsstadt.

Als sie vor fast zwanzig Jahren in Bad Cannstatt bei Freunden auf der Terrasse saß, und ein grüngelb gefiedertes Papageien-Paar laut kreischend im Tiefflug über ihren Kopf hinweg flatterte, war sie überrascht und sofort fasziniert.
Sie ahnte damals noch nicht, dass sie eines Tages in dieses Haus einziehen würde.

Heute lebt und arbeitet sie »auf Augenhöhe« mit den mittlerweile sehr bekannten Gelbkopfamazonen.
»Sie sind schlau, lustig und wunderschön anzusehen. Und sie inspirieren mich mindestens genau so sehr, wie das ein oder andere menschliche Wesen in meiner Umgebung.«

Der erste Fall um Kriminalhauptkommissarin Alissa Ulmer mit dem Titel »Schweres Erbe«, erschienen 2015:

Im Garten einer Villa am Stuttgarter Killesberg wird die Leiche einer jungen Frau gefunden.
An Tatverdächtigen und Motiven herrscht kein Mangel, doch wer war es wirklich, der Sarah Urban so brutal erschlagen hat? Was weiß der zwielichtige Privatdetektiv Heiko Eitler, der am Tatort gesehen wurde?
Die resolute Kriminalhauptkommissarin Alissa genannt »Sissy« Ulmer ermittelt zusammen mit ihrem Kollegen Eric Jahn.
Dabei blicken sie tief in menschliche Abgründe, und geraten schließlich selbst in Lebensgefahr.